웅덩이

내 마음에 보내는 따뜻한 위로와 지혜

웅덩이

글·그림 **신우창**

인문가원

차례

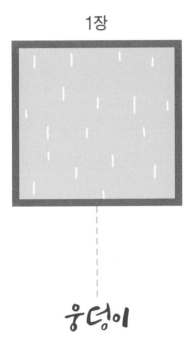

1장

웅덩이

뜨겁게 달아오르고

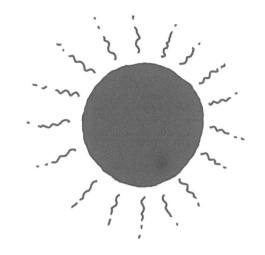

차갑게 얼어붙고

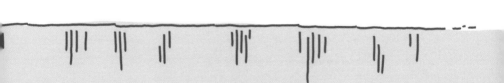

바람에 쏠리고

눈에 덮이고

비에 젖고

우박을 맞은 흙길 위에

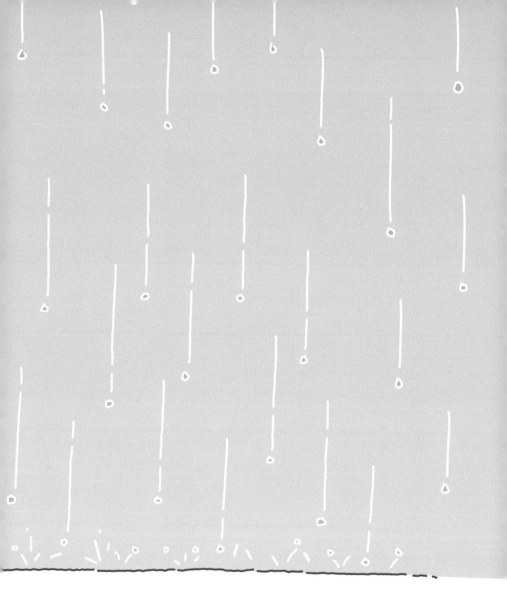

아주 작은 흔적이 생겼습니다.

그 흔적은 조금씩 커져서

작은 웅덩이가 되었습니다.

웅덩이가 생기고 지금의 모습이 된 것은 세상을 움직이는 신비로운 힘이었습니다. 하지만 웅덩이는 자신이 어떻게 생겨났는지, 무엇인지 알지 못했습니다. 웅덩이 주위에는 작은 나무와 풀, 꽃들이 있었습니다. 나비와 벌들이 날아들고 새들이 날아와 노래했습니다.

매일 보는 익숙하고 당연한 풍경에 웅덩이는 늘 시큰둥했습니다. 그런데 그런 웅덩이의 눈길을 끄는 것이 있었습니다.

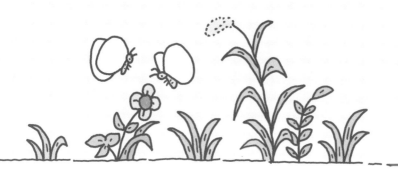

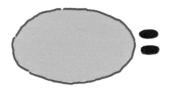

그것은 웅덩이 옆에 있는 도로였습니다.

웅덩이들이 수군거렸습니다.

"어쩌면 저렇게 곧고 깨끗할까?"

"맞아, 맞아."

"도로는 정말 멋진 것 같아."

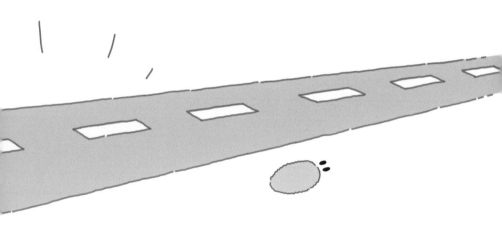

한 무리의 사람들이 흙길 위를 걸으며 말했습니다.

"여기는 왜 내버려두지? 비만 오면 질척거리고 지저분한데 말이야."

"그러니까. 빨리 도로 좀 넓혔으면 좋겠어."

"조심해! 거기 웅덩이 있어. 한눈팔다 빠지면 신발 다 버려."

웅덩이는 얼굴이 화끈거렸습니다.

웅덩이는 도로를 바라보았습니다.

'아, 도로는 정말 곧고 깨끗하구나. 나는 왜 이렇게 생겼을까?'

웅덩이는 도로가 너무나 부러웠습니다.

하늘 높이 떠 있는 구름도, 저 멀리 우뚝 솟은 산도, 웅덩이 눈에는 들어오지 않았습니다. 웅덩이는 도로만 바라보았습니다. 그럴수록 부러움은 점점 커져 갔습니다.

부러움이 커질수록 웅덩이는 작디작은 씨앗이 어떻게 땅을 뚫고 싹을 틔우는지, 가녀린 나뭇가지가 어떻게 추위를 견뎌내고 잎들을 피우는지, 다른 많은 생명들이 어떻게 혹독한 시련의 시간을 이겨내는지, 가까이에 있어도 보지 못했고 자신이 무엇을 해내는지조차 알아채지 못했습니다. 무엇보다 자신이 정말로 원하는 것이 무엇인지에 대한 생각을 하지 못했습니다.

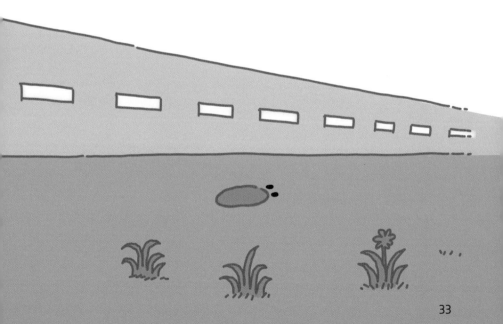

또한 부러움은 질투와 욕심을 불러와 웅덩이를 한없이 작고 초라하게 만들었습니다.

"나도 깨끗하고 곧고 멋진 도로가 되면 얼마나 좋을까? 도로가 되면 모두가 나를 부러워하겠지? 그럼 얼마나 행복할까?"

웅덩이는 마음속으로 빌었습니다.

'도로가 되어 행복해지고 싶어.'

웅덩이는 도로가 될 수만 있다면 볼품없는 지금의 모습은 없어져도 상관없다고 생각했습니다.

"난 아무도 좋아하지 않고 아무짝에도 쓸모없는 웅덩이니까."

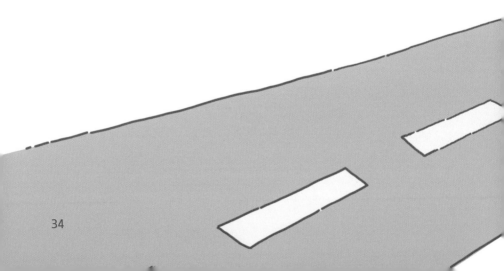

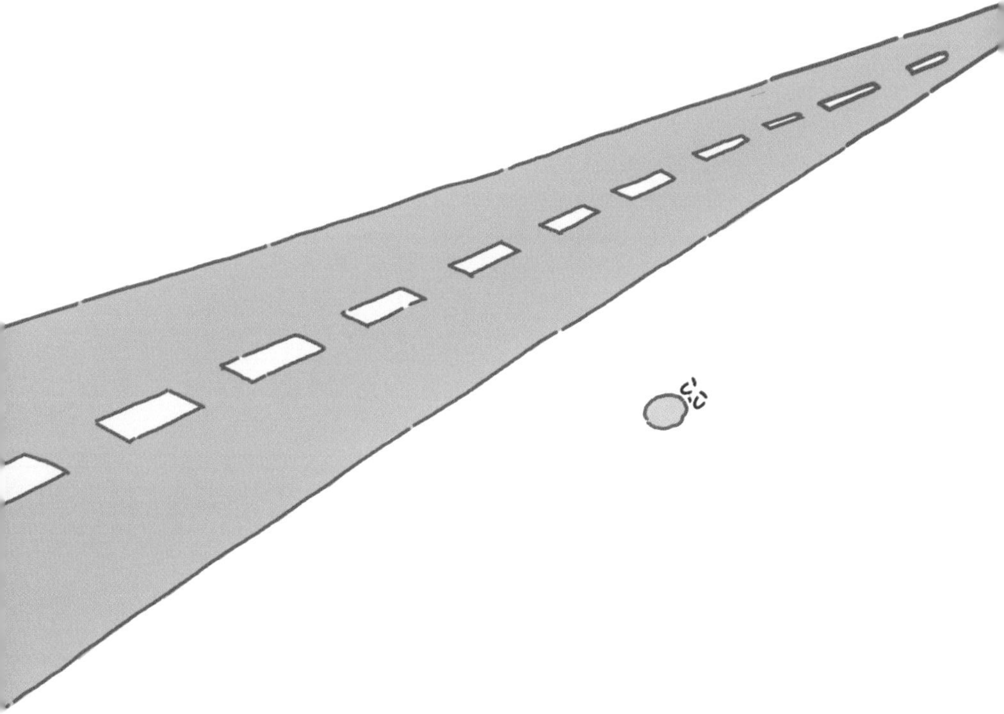

2장

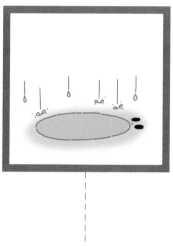

비를 만나다

투둑! 투둑! 빗방울이 떨어졌습니다.

웅덩이는 고개를 들어 비를 쳐다보았습니다.

"비는 왜 내려서 나를 지저분하게 하고, 사람들이 싫어하게 만들까?"

웅덩이는 비를 원망하며 지켜보았습니다.

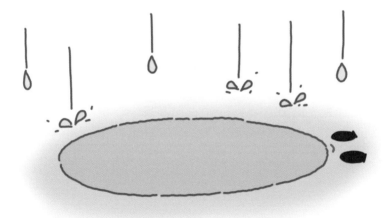

웅덩이의 원망에도 아랑곳없이 하늘을 가득 채운 먹구름에서 빗방울이 후드득 떨어졌습니다. 메말랐던 땅이 흙먼지를 일으켰습니다. 빗방울은 여기저기 부딪치며 물알갱이가 되어 사방으로 흩어졌습니다.

한두 방울 내리던 빗방울이 금세 장대비가 되어 세차게 쏟아졌습니다. 비는 잠시 일었던 흙먼지를 잠재우고 메말랐던 나무와 풀과 땅을 흠뻑 적셨습니다. 나무와 풀과 땅이 비의 힘으로 기운을 되찾았습니다. 비는 빗물이 되어 모든 것을 쓸어버리듯 아래로 아래로, 더 낮은 곳으로 흘러 내려갔습니다.

웅덩이도 비의 기운이 느껴졌습니다. 왠지 마음이 끌렸습니다. 그러자 어디선가 소리가 들려오는 것 같았습니다.

하지만 빗물이 차면서 점점 지저분해지고 초라해지는 자신의 모습이 보였습니다.

"도로는 더 깨끗해지고 있는데…."

웅덩이는 도로가 더욱 부러워졌습니다. 부러움에 무거워진 마음이 비를 향한 마음을 가렸습니다. 그러자 어디선가 들리던 소리도 멀어졌습니다.

웅덩이는 끝도 없이 내릴 것 같은 비가 원망스러웠습니다.

웅덩이는 하늘을 올려다보며 간절히 말했습니다.

"나도 빗물이 고이지 않는 깨끗하고 멋진 도로가 되고 싶어!"

그러나 비는 따가울 정도로 세차게 내렸습니다. 웅덩이는 아무도 자신의 마음을 알아주지 않는 것 같아 아프고, 외롭고, 슬펐습니다.

그때였습니다.

"괜찮니?"

누군가가 웅덩이에게 말을 걸었습니다.

깜짝 놀란 웅덩이가 물었습니다.

"누구니?"

누군가가 대답했습니다.

"난 빗물이야. 내 말 들리니?"

웅덩이가 놀라서 다시 물었습니다.

"빗물이라고?"

"이제 내 말이 들리나 보구나. 내 생각이 맞았어."

웅덩이는 어리둥절했습니다. 빗물이 다시 말했습니다.

"그동안 계속해서 말을 걸었는데 넌 듣지 못했어. 지금이라도 듣게 되어서 정말 다행이야. 너무 기뻐."

빗물의 말에 웅덩이는 그동안 오늘처럼 비를 자세히 보거나 생각해본 적이 없었다는 것을 깨달았습니다.

"그랬구나."

웅덩이는 건성으로 대답했습니다. 빗물과 이야기를 나누는 중에도 점점 깨끗해지는 도로만 보였습니다.

빗물이 말했습니다.

"이번에도 네가 마음을 열지 않으면 어쩌나 걱정했어."

빗물이 한결 편안해진 목소리로 말했습니다.

"이 세상의 모든 것은 서로 연결되어 있어. 그래서 서로 소통할 수 있지. 매일 만나고 말을 걸어. 그런데 그것을 당연하게 여기거나 마음을 열지 않으면 그 소리를 듣지 못해."

빗물은 그동안 참았던 말을 쏟아내듯 말을 이었습니다.

"세상의 모든 것에는 소중한 이야기들이 쌓여 있고 지금도 계속 쌓아가고 있어. 하지만 보고 싶은 대로만 보면 정말 소중한 것을 만나지 못하고 소중한 이야기들을 놓치게 돼. 소중한 만남과 이야기는 마음이 열렸을 때 보이고 들리거든. 네가 지금 내 말을 들을 수 있는 것은 너의 마음이 열렸기 때문이야."

빗물의 이야기가 놀라웠지만 웅덩이는 그 말을 이해하지 못했습니다. 도로에 대한 부러움이 호기심과 관심을 밀어냈기 때문입니다. 웅덩이에게 빗물은 자신을 지저분하게 만들고, 사람들이 싫어하게 만드는 것일 뿐이었습니다.

웅덩이는 더 이상 빗물과 이야기하고 싶지 않았습니다. 아주 잠시 마음 한구석에 호기심이 일었지만, 곧 흘려버렸습니다.

웅덩이가 별다른 반응을 보이지 않자 빗물은 말없이 웅덩이를 지켜만 보았습니다. 그렇게 어색한 시간이 흘렀습니다.

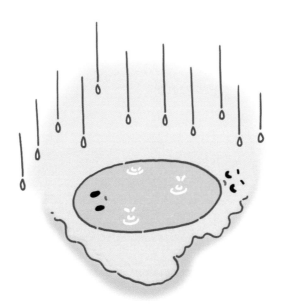

침묵을 깬 것은 빗물이었습니다.

"괜찮니? 왠지 슬퍼 보여."

웅덩이가 마지못해 대꾸했습니다.

"아니, 난 괜찮아."

그러고는 입을 꾹 다물었습니다.

"나를 싫어하는구나…."

빗물의 말에 웅덩이는 조금 미안하긴 했지만, 곧 빗물 때문에 지저분해진 자신의 모습이 떠올라 퉁명스럽게 말했습니다.

"난 도로가 부러워."

"도로가? 왜?"

빗물은 뜻밖이라는 듯이 물었습니다. 이 말에 도리어 웅덩이가 놀라 물었습니다.

"왜라니? 도로는 누가 봐도 깨끗하고 멋지잖아."

빗물이 말했습니다.

"넌 도로를 멋지다고 생각하는구나."

웅덩이는 답답했습니다.

"그럼 넌 저 도로가 멋지지 않니?"

빗물이 대답했습니다.

"잘 모르겠는걸. 넌 저 도로가 부럽니?"

웅덩이는 빗물이 이상하다고 생각했습니다.

"도로를 보고도 부럽지 않다니, 너야말로 이상하구나. 도로는 비가 와도 빗물이 고이거나 질척거리지 않고 지저분해지지도 않아. 곧고 멋진 모습 그대로지. 그래서 모두가 좋아해."

빗물이 이제야 알았다는 듯이 말했습니다.

"나 때문에 지저분해진다고 생각하는구나. 물을 담는 것이 싫다니 이해할 수 없어. 넌 모두가 도로를 좋아해서 도로가 부러운 거니?"

웅덩이가 발끈했습니다.

"아냐, 질척거리고 지저분한 내가 싫은 거야!"

빗물이 다시 물었습니다.

"그럼 네가 싫어서 남을 부러워하는 거야?"

웅덩이가 한심하다는 듯 대답했습니다.

"당연한 거 아냐? 내 모습이 싫으니까 다른 모습이 부럽지."

빗물이 대답했습니다.

"맞아, 자신이 마음에 들지 않으면 무언가를 부러워할 수 있어."

빗물이 물었습니다.

"만약 누군가 너를 좋아해도, 그래도 네가 싫어?"

웅덩이는 선뜻 대답하지 못했습니다.

'이렇게 더럽고 지저분한데 좋아한다고?… 절대 그럴 리 없어. 지저분한 것을 좋아하는 건 이 세상에 없어.'

웅덩이가 대답이 없자 빗물이 말했습니다.

"넌 웅덩이들과 사람들이 좋아하는 것을 원하고 있구나."

이번에는 웅덩이가 바로 대답했습니다.

"아니야, 난 도로가 되고 싶은 거야. 웅덩이들과 사람들이 좋아하면 좋지."

웅덩이는 도로가 되고 싶은 마음이 약해질까봐 다짐하듯 말했습니다.

빗물이 안타까워하며 말했습니다.

"그래, 도로가 되고 싶은 너의 마음은 알겠어. 하지만 네가 얼마나 소중한지를 알았으면 좋겠다."

웅덩이가 물었습니다.

"내가 소중하다고?"

"응, 넌 나를 담을 수 있잖아!"

웅덩이는 무슨 말인지 이해할 수 없었습니다.

"너를 담는 것이 왜 좋은데?"

빗물이 한결 차분해진 목소리로 말했습니다.

"나는 높은 곳에서 낮은 곳으로 흘러."

"물이 낮은 곳으로 흐르는 것은 너무나 당연한 거잖아."

웅덩이가 핀잔을 주었습니다.

"맞아, 당연하지. 세상은 그 당연한 것 때문에 돌아가. 당연한 것은 소중한 거야."

웅덩이가 빈정거리며 말했습니다.

"나같이 지저분한 웅덩이보다 깨끗하고 곧은 저 도로가 더 소중한 것도 당연하지."

"넌 웅덩이들과 사람들이 너보다 도로를 더 좋아하는 걸 당연하다고 여기는구나. 당연한 것은 옳다고 생각하고. 하지만 때론 자신이 알고 있다고 믿는 것이 자신을 속이기도 한다는 것을 알았으면 좋겠어. 그런데 넌 지금 마음을 닫아걸고 제대로 알려고도 하지 않아. 도로가 왜 웅덩이보다 좋다는 건지, 왜 그것을 당연하게 생각하는지 돌아보지도 않아. 세상에는 겉으로 보이지는 않지만 소중한 것이 아주 많아. 그것을 넌 알려고도 하지 않고 그냥 지나치고 있어."

빗물이 잠시 말을 멈추더니 웅덩이를 바라보며 말했습니다.

"네가 나를 담을 수 있는 것은 남들보다 낮은 것을 가졌기 때문이야. 나는 낮은 곳에 담겨. 네가 나를 담을 수 있는 것도 그 때문이야. 주위를 한번 둘러봐. 네가 담은 것이 얼마나 많은 것을 나고 자라게 하는지. 그건 아주 의미 있고 소중한 일이야."

계속해서 빗물이 말했습니다.

"내가 흘러가는 곳, 내가 모인 곳에는 많은 것들이 나고 자라. 그래서 나는 한 곳에 머무르지 않고 높은 곳에서 낮은 곳으로 흘러가. 때로는 흙탕물이 되기도 해. 하지만 그런 내가 부끄럽거나 싫은 적은 한 번도 없었어. 내가 고이거나 스며들지 못하면 아무것도 나지도, 자라지도 못하거든. 그래서 난 쉬지 않고 낮은 곳으로 더 낮은 곳으로 가."

빗물은 잠시 숨을 돌리고 말했습니다.

"난 이렇게 빗방울도 되었다가 하얀 눈도 되었다가 차가운 얼음도 되었다가 실개천이 되어 강으로 스며들어. 강이 되어서는 흘러흘러 바다로 가지. 그리고 구름이 되어 하늘에 떠 있다가 또 이렇게 빗물이 되어 내려. 난 내가 어떤 모습을 하고 있어도 부끄럽거나 어떤 것을 부러워하지 않아. 그건 내가 무엇인지 알기 때문이야. 어떤 모습으로 있든 무엇을 하느냐가 의미 있고 중요해."

잠자코 듣고 있던 웅덩이가 물었습니다.

"너 자신을 알고 있다고? 의미 있고 소중한 일? 담을 수 있는 낮은 곳? 어디든 가고 많은 것을 자라게 한다고?"

웅덩이는 알아들을 수 없는 이상한 말들을 늘어놓는 빗물을 의심스럽게 쳐다보며 짓궂게 물었습니다.

"그럼 내가 어디에 있든 찾아올 수 있어?"

빗물이 바로 대답했습니다.

"그럼! 약속할 수 있어. 네가 어디에서 어떤 모습을 하고 있든 난 너를 찾을 수 있고 찾아갈 거야. 그건 당연한 거니까."

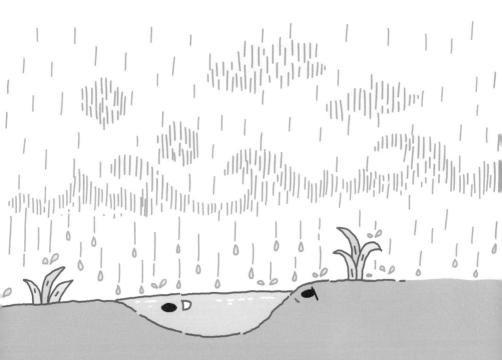

웅덩이가 갸웃거렸습니다.

"당연하다고?"

빗물이 대답했습니다.

"흙에서 풀이 자라고, 나무에 꽃이 피고 열매가 열리는 건 당연해. 물고기가 헤엄을 치고, 새가 하늘을 나는 것도 당연하지. 아침에 해가 뜨고 밤이면 달과 별이 뜨는 것도, 봄이 가면 여름이 오고, 가을이 가면 겨울이 오는 것도 당연하지. 이 당연한 것 속에 세상의 모든 것을 있게 하는 힘이 들어 있어. 우리는 그 힘 속에서 생겨나고 살아가. 그런데 당연한 것은 너무 당연해서 지나치기 쉬워. 바로 곁에서 많은 것을 보여주는 데도 겉으로 보이는 것만 보느라 그 안에 있는 소중한 것을 놓치곤 하지."

이번에는 빗물이 물었습니다.

"넌 무엇을 당연하다고 생각해?"

웅덩이가 비꼬듯이 말했습니다.

"네가 말한 것. 웅덩이니까 땅보다 조금 낮고, 그래서 빗물이 담겨 질척하고 지저분하다는 것. 이래도 당연한 것이 소중하니?"

빗물이 가볍게 한숨을 내쉬며 말했습니다.

"난 나를 담는 모습이 돼.

풀에 담길 때는 풀이 되고, 꽃에 담길 때는 꽃이 되고,

나비에 담길 때는 나비가 되고,

나무에 담길 때는 나무가 되고,

강에 담길 때는 강이 되고, 바다에 담길 때는 바다가 되고,

하늘에 담길 때는 구름이 되지.

너에게 담길 때는 웅덩이가 돼.

너는 나를 담아서 너의 모습으로 자라."

그러자 웅덩이가 말했습니다.

"무슨 말인지 모르겠어. 담는다는 것이 무엇인지 왜 소중한지…."

"언젠가는 알게 될 거야. 무엇을 담을 수 있는 네가 소중하다는 것을."

웅덩이는 여전히 빗물의 말을 이해할 수 없었습니다. 그러는 동안에도 자신은 점점 더 지저분해지고 도로는 깨끗해지고 있다는 사실만이 당연하게 다가왔습니다. 웅덩이는 조금 혼란스러웠습니다. 그러나 이내 마음을 다잡았습니다.

'이제 도로에 관한 이야기가 아니면 절대 듣지 않을 거야.'

웅덩이는 지금 자신은 빗물 때문에 더욱 질척해지고 지저분해지는데 이해할 수 없는 말만 늘어놓는 빗물이 미웠습니다. 웅덩이는 하늘을 올려다보며 빌었습니다.

'제발, 비 좀 그쳐줘.'

하지만 비는 그치지 않았습니다.

웅덩이는 내리는 비를 담으며 우울하게 도로를 바라보았습니다.

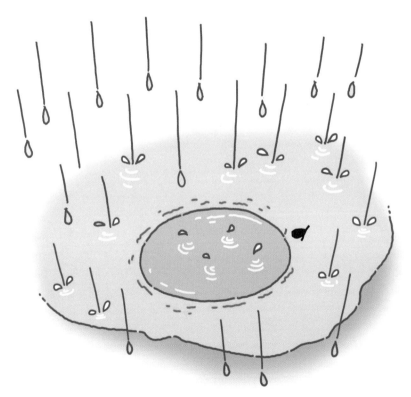

마침내 비가 그쳤습니다.

먹구름이 서서히 걷히고 파란 하늘이 드러나자 반짝 해가 나왔습니다. 맑게 갠 파란 하늘 가득 하얗게 피어오른 뭉게구름과 눈부신 해가 웅덩이에 담겼습니다. 웅덩이에 담긴 해가 보석처럼 빛났습니다.

그러나 웅덩이는 자신에게 담긴 것을 알지 못했습니다.

비 온 뒤 더 짙어진 도로가 검은 보석처럼 반짝였습니다.

"아아, 정말 예쁘구나! 난 언제쯤 저런 도로가 될 수 있을까. 빨리 도로가 되고 싶어."

여름 한낮의 뜨거운 햇살에 도로 위 빗물은 흔적도 없이 말랐습니다.

도로가 더욱 말끔해 보였습니다.

'난 물이 고여 질척하고 지저분한데 도로는 더 깨끗해졌어.'

웅덩이는 흙길 위에 있는 작고 볼품없고 지저분한 자신이 한없이 초라해서 자꾸만 마음이 작아졌습니다.

3장

길고양이

어느 날, 길고양이 한 마리가 다가왔습니다.

길고양이가 웅덩이 옆에 앉으며 말했습니다.

"웅덩이야, 물 좀 먹어도 되겠니? 목이 너무 말라."

웅덩이가 무심히 말했습니다.

"마음껏 먹어. 난 상관없으니까."

"고마워. 네가 물을 담고 있어서 정말 다행이야."

길고양이는 조심스레 몸을 낮춰 웅덩이에 담긴 빗물을 할짝거렸습니다.

물을 마시고 길고양이가 말했습니다.

"아, 이제 좀 살 것 같다. 고마워."

그러고는 궁금하다는 듯이 물었습니다.

"아까부터 왜 그렇게 도로를 보고 있니?"

웅덩이가 대답했습니다.

"난 도로가 되고 싶어."

"도로가 되고 싶다고?"

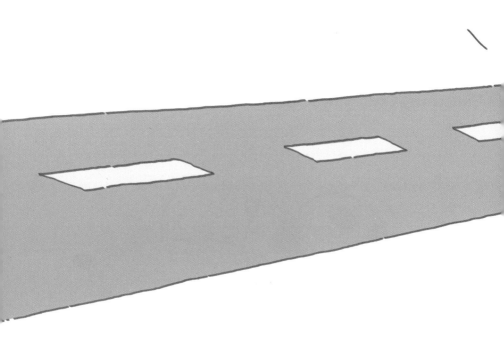

"응, 나도 저렇게 멋진 도로가 되고 싶어."

"도로를 부러워하는구나."

"질척하고 지저분한 웅덩이보다 도로가 더 멋지고 좋잖아."

길고양이가 대답했습니다.

"글쎄, 난 모르겠는걸."

"모르겠다니, 저 도로가 멋지지 않단 말이야?"

"응, 난 모르겠어. 도로는 위험해."

"위험하다고?"

길고양이가 웅덩이를 보며 말했습니다.

"응. 도로보다 목을 축일 수 있는 네가 훨씬 더 좋아."

웅덩이는 놀랐습니다.

"내가 더 좋다고?"

길고양이는 당연하다는 듯이 말했습니다.

"그럼!"

웅덩이는 그 말이 믿기지 않았습니다.

"그건 물을 먹을 수 있어서겠지. 내 모습을 좋아하는 건 아니잖아."

"그럴지도 모르지. 그렇다면 네 물을 마시러 오는 동물들은 다 너를 좋아하겠네."

"……."

웅덩이는 대답을 하지 못했습니다.

길고양이가 말했습니다.

"넌 우리가 마실 수 있는 물을 담고 있어. 도로는 물을 담을 수도 없고, 오히려 위험해. 그런 도로보다 웅덩이 네가 더 좋아."

웅덩이가 말했습니다.

"그래. 좋아한다고 해둬. 그렇지만 지저분한 나보다 저 깨끗한 도로가 훨씬 멋지지 않니?"

웅덩이는 모두가 도로를 자기처럼 생각한다고 믿고 싶었습니다.

길고양이가 대답했습니다.

"멋진 모습이라…. 난 항상 깨끗이 몸단장을 해. 날렵하고, 예쁘고, 귀엽고, 매력적이게 말이야. 이런 내 모습을 자랑스럽게 여겼지. 사람들이 예쁘다고 먹이도 주고 쓰다듬어주기도 하니까. 하지만 어떤 사람은 무섭다고 소리를 지르면서 도망가거나 막대기를 휘두르며 내쫓기도 했어."

길고양이가 잠시 생각에 잠기더니 말을 이었습니다.

"그때 알게 되었어. 겉모습이 아무리 멋지고 매력적이어도 그것이 나한테 진짜로 필요한 것을 가져다주지 않는다는 사실을 말이야. 그래도 나는 여전히 모습을 가꾸지만 그것으로 무엇을 바라지는 않아. 겉모습만으로 누군가를 판단하거나 어떤 겉모습을 부러워하지도 않지. 그냥 스스로 가꾸는 것이 좋고 만족해. 아무리 겉모습이 멋져도 자신의 소중함을 모르면 아무 소용이 없어."

길고양이가 웅덩이를 보며 말했습니다.

"아마 네가 원하는 도로가 된다 해도 그것이 너에게 소중한 것을 가져다 주지는 않을 거야. 겉모습은 중요하지 않아. 겉으로 보이는 것만 보는 건 어리석어. 오히려 겉모습이 화려할수록 위험해. 꾸미면 돋보이기는 하겠지만 안에 있는 것이 바뀌는 건 아니야. 겉으로 보이는 대로 다 믿지 마. 그건 네가 보고 싶은 대로 보이는 것일 뿐이야. 소중한 것은 보이지 않을 때가 더 많아. 네가 담고 있는 물처럼."

웅덩이가 대꾸했습니다.

"나쁘고 지저분한 것도 담기지."

길고양이가 대답했습니다.

"그럴 수도 있겠지. 하지만 나쁜 것을 담으면 나쁜 것이 자랄 거야. 누구도 나쁜 것을 담고 싶어 하지는 않아. 나쁜 것은 담은 것을 아프게 해. 다른 이에게도 아픔을 주지. 소중한 것을 담으면 소중해지고, 나쁜 것을 담으면 나쁜 것이 돼. 네가 도로를 부러워하는 마음이야 어쩔 수 없지만, 담을 수 있는 너의 소중함을 알았으면 좋겠어. 그래야 당당해질 수 있어. 그렇지 않으면 꾸며진 모습 뒤로 숨게 돼."

길고양이가 일어서며 말했습니다.

"이만 갈게. 물을 마시게 해줘서 고마워."

길고양이가 풀숲으로 천천히 걸어갔습니다.

그런 길고양이의 뒷모습을 보며 웅덩이는 잠시 생각에 잠겼습니다.

'길고양이는 물을 마실 수 있어서 좋아할 뿐이야. 내가 도로보다 멋지다고는 하지 않았어. 내가 물을 마시게 해줬으니 도로가 더 멋지다는 말을 차마 못했겠지. 자기도 겉모습을 가꾼다고 했잖아.'

웅덩이는 도로를 바라보았습니다. 그리고 다짐하듯 말했습니다.

"도로는 멋있어. 난 꼭 도로가 될 거야!"

4장

달팽이

다시 한참의 시간이 흘렀습니다.

땡볕에 달궈진 땅 위를 작고 어린 달팽이 한 마리가 기어가고 있었습니다. 달팽이는 느릿느릿 웅덩이 쪽으로 다가왔습니다.

달팽이는 몸에 물기도 거의 없고 몹시 지쳐보였습니다.

달팽이는 한참을 힘겹게 기어 웅덩이의 질척한 가장자리에 닿았습니다.

그러고는 한동안 꼼짝도 하지 않았습니다.

웅덩이가 조심스럽게 말을 걸었습니다.

"달팽이야, 괜찮니?"

달팽이가 기어들어가는 목소리로 대답했습니다.

"휴, 이제 살았다. 웅덩이야, 고마워."

웅덩이의 질척한 가장자리에서 몸을 적신 달팽이는 서서히 기운을 차렸습니다.

웅덩이가 달팽이에게 물었습니다.

"너, 저 멋진 도로에서 오는 길이니?"

도로라는 말에 달팽이는 몸을 잔뜩 움츠렸습니다.

"끔찍해, 저 도로…."

웅덩이는 자기가 잘못 들었나 싶어 다시 물었습니다.

"도로가 끔찍하다고?"

대답 대신 달팽이는 집 속으로 쏙 숨어버렸습니다.

달팽이는 사방이 어둑해질 무렵에서야 조심스럽게 고개를 내밀었습니다. 그러고는 웅덩이의 가장자리에 난 작은 풀 위로 기어 올라가 도로를 보며 말했습니다.

"저 도로 너무 싫어!"

달팽이가 웅덩이 쪽을 돌아보며 물었습니다.

"아까는 너무 힘들어서 잘 못 들었는데, 혹시 '멋진 도로'라고 했니?"

웅덩이가 대답했습니다.

"응, 난 저 멋진 도로가 되고 싶어."

달팽이가 웅덩이의 말에 몸을 떨며 말했습니다.

"모두 죽었어. 내 친구들, 지렁이들, 다른 많은 벌레들이 다 저 도로 위에서."

"……."

달팽이가 말을 이었습니다.

"비가 오고 도로에 물이 흘렀어. 군데군데 고이기도 했지. 우리는 그 물을 보고 기어갔어. 도로는 평평하고 곧아서 빠르게 갈 수 있었지. 그러나 도로는 우리가 감당하기 힘들 정도로 물을 빠르게 흘려보내고, 또 말려버렸어."

달팽이가 긴 한숨을 쉬며 말했습니다.

"우리는 몰랐어. 도로는 물을 담지 않는다는 것을."

달팽이가 다시 몸을 떨었습니다.

"뜨거운 도로 위에서 모두 말라서 죽고, 자동차 바퀴에 깔려 죽었어. 그 자국이 도로 위에 무늬처럼 끝도 없이 이어졌어."

달팽이는 떨리는 몸을 애써 진정시키며 잠시 숨을 고르고는 다시 말을 이어갔습니다.

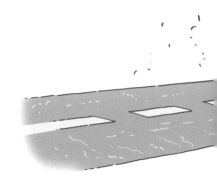

"저 도로에서 죽은 많은 동물들은 말라서 잘게 부서지고 바람에 날려 사라져버려. 도로는 느리고, 작고, 하찮은 것들을 지워버려. 우리는 도로 위를 잠시 흐르는 물에 속은 거야. 도로는 아무것도 담지 않아. 똑같이 도는 바퀴만 빨리 돌게 하지. 도로가 멋지다고? 난 도로가 끔찍해!"

말을 마친 달팽이는 한동안 몸을 움츠리고 움직이지 않았습니다.

달팽이의 말에 놀란 웅덩이는 아무 말도 못하고 가만히 있었습니다.

그렇게 얼마의 시간이 흐른 뒤 달팽이가 말했습니다.

"도로를 부러워하는 것은 너의 마음인데, 내 생각만 해서 너무 심한 말을 한 것 같아. 내 말이 심했다면 이해해줘. 너 때문에 살았어. 정말 고마워. 이게 다 네가 담은 물 덕분이야. 잊지 않을게."

그러고는 풀에서 내려와 말했습니다.

"웅덩이야, 넌 물을 담고 있어. 그것이 나를 살렸어. 넌 도로처럼 자기만 돋보이려고도 하지 않고 가볍지도 않아. 진솔한 낮음을 가졌어. 그런 너의 소중함을 알았으면 좋겠어."

말을 마친 달팽이는 풀숲으로 느리게 느리게 기어갔습니다.

웅덩이는 달팽이가 너무 느려서 도로를 건너오는데 힘이 들었고, 자신에게 담긴 물로 몸을 적실 수 있어서 듣기 좋은 말을 한다고 생각했습니다. 하지만 이상하게도 달팽이의 말이 계속해서 머릿속을 맴돌았습니다.

웅덩이는 달팽이의 말을 애써 지우려 도로를 바라보았습니다.

달팽이가 느리게 느리게 풀숲으로 기어가는 동안에도 웅덩이는 도로를 보며 부러워했습니다.

달팽이는 느리게 느리게 풀숲으로 기어가는 내내 웅덩이의 고마움을 생각했습니다. 쉽게 지워지지 않는 끔찍했던 기억을 고마움으로 달래며 느리게 기어가는 달팽이의 모습이 왠지 슬퍼보였습니다.

오직 도로가 되고 싶은 마음뿐인 웅덩이는 달팽이의 슬픔을 느끼지 못했습니다.

달팽이가 너무 느려 무심해지기 시작할 즈음 웅덩이는 문득 달팽이가 기어가는 쪽을 흘깃 보았습니다. 달팽이는 보이지 않았습니다. 꼭 사라진 것 같았습니다.

"그렇게 느린데 어느새…."

웅덩이는 달팽이는 참 알 수 없다고 생각했습니다. 달팽이에 대한 생각이 도로에 대한 부러움을 살짝, 아주 잠깐 밀어냈습니다. 그 시간은 웅덩이의 마음에 잠시 고개를 내민 다른 슬픔을 밀어내는 시간이기도 했습니다.

그러나 그 시간은 너무도 짧았습니다. 웅덩이의 마음은 점점 도로가 되어갔습니다.

해가 지고 어둠이 내렸습니다.

어디에선가 날아온 풀벌레 한 마리가 달팽이가 앉았던 작은 풀 위에 앉았습니다.

밤이 깊어지자 풀벌레가 노래를 부르기 시작했습니다. 풀벌레 소리와 밤하늘의 별이 웅덩이에 가득 담겼습니다. 웅덩이는 도로가 되는 꿈을 꾸며 잠이 들었습니다.

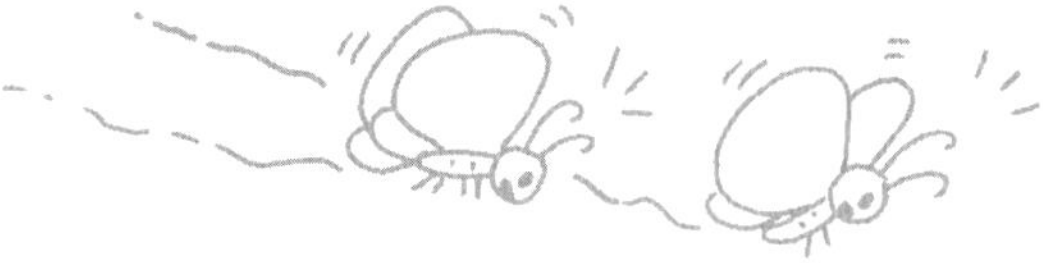

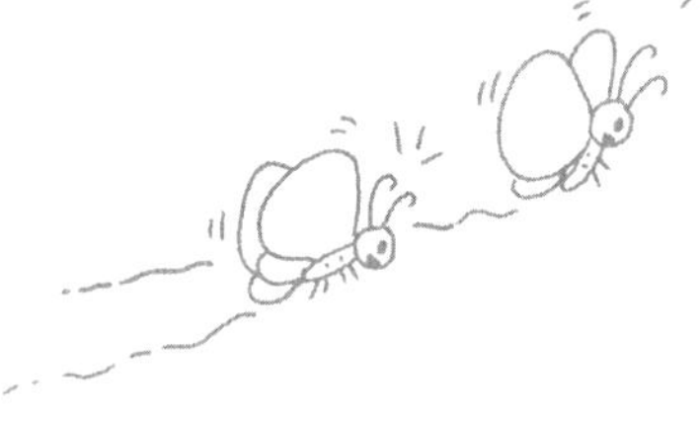

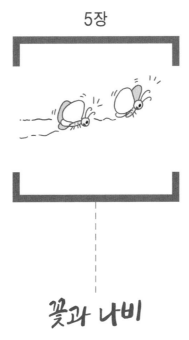

5장

꽃과 나비

아침 해가 환하게 웅덩이에 담겼습니다.

웅덩이는 새들의 재잘거리는 소리에 잠이 깼습니다.

풀 위에 앉아 있던 풀벌레가 인사를 건넸습니다.

"안녕, 잘 잤니? 어젯밤에는 고마웠어. 네 덕분에 잘 잤어."

그러고는 풀숲으로 날아갔습니다. 웅덩이는 풀벌레가 왜 고맙다고 하는지 의아했습니다.

"풀한테 고마워해야지."

풀벌레가 앉았던 풀들 속에서 꽃이 피고 있었습니다.

해가 높이 떠올랐습니다.

조금씩 말라가던 웅덩이 가장자리가 갈라져 더욱 지저분해졌습니다.

"이럴 줄 알았어. 도로는 저렇게 깨끗한데."

웅덩이는 햇빛에 더욱 선명해진 도로가 부러웠습니다.

'난 언제쯤 도로가 될까?'

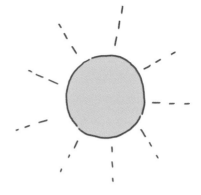

111

한 무리의 사람들이 지나가며 말했습니다.

"여긴 여전히 흙길이네. 웅덩이도 있고."

"빨리 이런 지저분한 웅덩이 좀 메우고 도로나 깔았으면 좋겠어."

"맞아. 웅덩이는 정말 지저분하기만 하고 아무짝에도 쓸모가 없어."

그때 바람이 불어 웅덩이에 물결이 일었습니다. 웅덩이 마음도 물결처럼 갈라졌습니다. 웅덩이는 빗물과 길고양이, 달팽이가 한 말들이 모두 의미 없게 여겨졌습니다.

"내 생각이 맞았어. 나는 지저분하고 볼품없고 쓸모도 없어."

사람들이 지나가고 하얀 나비 두 마리가 날아왔습니다.

웅덩이에 핀 작은 꽃을 본 나비들은 꽃 주위를 맴돌며 말했습니다.

"꽃이야, 꽃이 피었어! 웅덩이가 꽃을 피웠어."

도로만 바라보느라 정작 웅덩이는 꽃이 핀 것도 알지 못했습니다.

웅덩이는 귀찮고 성가셔서 소리쳤습니다.

"저리 가! 그 꽃은 내가 피운 게 아니야. 꽃따위 무슨 소용이야. 난 저 멋진 도로가 되고 싶어. 그러니 저리로 가!"

또 바람이 불어 풀과 꽃을 흔들었습니다.

갑자기 부는 바람과 화를 내는 웅덩이에 당황한 나비들은 웅덩이 주위를 이리저리 나풀거리며 어지럽게 날아다녔습니다.

바람이 잠잠해지자 나비들은 차분히 날갯짓을 하며 웅덩이에게 말했습니다.

"네가 피운 거야. 이 예쁜 꽃을."

웅덩이는 나비들의 말이 들리지 않았습니다.

"난 지저분하고 쓸데없는 웅덩이일 뿐이야. 난 꽃을 피우지 않았어."

나비들이 꽃에 앉았습니다. 한 마리가 안타까운 듯 말했습니다.

"넌 네가 얼마나 소중한 것을 담고 있고 또 자라게 하는지 모르는구나."

다른 나비가 말을 이었습니다.

"풀과 꽃은 너의 고마움을 알고 저렇게 미소 짓고 있는데."

웅덩이가 말했습니다.

"그만해! 고마운데 왜 아무 말이 없어. 난 풀과 꽃이 고마워할 일을 한 적
없어. 만약 그렇다고 해도 고마워할 필요 없어."

나비도 지지 않고 말했습니다.

"정말로 고마울 땐 그럴 수 있어. 풀과 꽃이 너에게 고마워하는 마음이 안 느껴지니?"

웅덩이는 단호하게 말했습니다.

"그럴 리가 없어. 귀찮게 하지 말고 저리 가."

나비가 말했습니다.

"넌 네가 무엇을 해내는지 모르는구나."

웅덩이가 소리쳤습니다.

"그래. 당연히 생겨난 흔하고 하찮은 웅덩이가 뭐가 소중한지, 뭘 할 수 있는지 어떻게 알겠어!"

나비들이 안타까워하며 말했습니다.

"당연한 게 왜 하찮아? 당연한 건 소중한 거야."

웅덩이가 고개를 돌리자 나비들은 그대로 웅덩이를 바라보다가 단념한 듯 풀숲으로 날아갔습니다. 웅덩이는 나비의 날갯짓에서 안타까움과 머뭇거림을 보았지만 눈을 감아버렸습니다.

"모두 나를 좋아하는 척 말하지만, 그건 모두 물 때문이야. 난 지저분하고 흉해. 이런 내가 곧고 멋진 도로가 되겠다고 하니 다들 시샘하고 있어. 모두들 내가 도로가 되는 것을 방해하고 있어."

웅덩이는 두 눈을 질끈 감아버렸습니다.

그런 웅덩이를 풀과 꽃이 고마움 가득한 표정으로 말없이 바라보며 한들 한들 움직였습니다.

한낮이 되었습니다.

웅덩이 가장자리에 난 풀과 꽃의 그림자가 아주 작아졌습니다. 풀과 꽃은 그늘 한 점 없는 웅덩이 가장자리에서 온몸으로 햇빛을 받으며 가벼운 바람에도 기쁨의 춤을 추었습니다. 그 몸짓에는 어떠한 원망도 불만도 찾을 수 없었습니다.

어디에서나 흔하게 볼 수 있는 작고 하찮은 풀이고, 꽃이었지만 그 안에는 신비로운 힘을 간직하고 있었습니다. 그 누구도 풀 한 포기, 꽃 한 송이가 지닌 신비로운 힘을 알지 못했습니다. 웅덩이가 생각하는 것처럼 당연히 생겨나고 그냥 있는 것일 뿐이었으니까요.

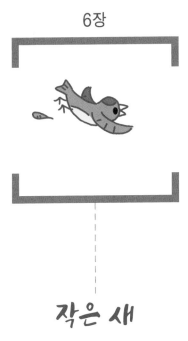

6장

작은 새

어디에선가 작은 새 한 마리가 날아와 다급하게
웅덩이에 내려앉았습니다.

새는 물을 부리에 담아 연신 고개를 젖혔습니다.

급하게 물을 마신 새가 말했습니다.

"웅덩이야, 미안해. 너무 목이 말라서 허락도 받지 않고 네 물을 마셨어."

웅덩이가 퉁명스럽게 대꾸했습니다.

"괜찮아."

새가 웅덩이를 살피며 말했습니다.

"기분이 안 좋아 보이네. 무슨 일 있었니?"

웅덩이는 귀찮다는 듯 대꾸했습니다.

"아니야. 다들 내가 아니라 나한테 담긴 물을 좋아해. 그러고는 고맙다고 하지. 난 물 때문에 지저분해지는데. 하긴 나 같은 웅덩이를 누가 좋아하겠어."

새는 웅덩이의 말에 당황했습니다.

웅덩이가 계속해서 말했습니다.

"고맙다는 말은 하지 마. 너도 내게 담긴 물을 먹고 내가 좋다고 할 거야. 다 똑같아. 난 지저분하고 멋지지 않아. 그래서 모두들 내 모습에 대해서는 말하지 않지. 난 도로가 되고 싶어. 저렇게 누가 봐도 곧고 멋진 도로가 되고 싶다고. 그러니 나한테 좋다거나 고맙다는 말은 하지 말아줘."

웅덩이의 말을 듣고 있던 작은 새가 말했습니다.

"넌 저 도로를 부러워하는구나."

웅덩이가 큰 소리로 말했습니다.

"이렇게 질척이고 지저분하고 아무렇게나 생긴 나보다 저 도로가 더 멋있잖아. 안 그래? 제발 솔직하게 말해봐. 뭐라고 안 할 테니까. 상처받지도 않을 거야. 저 도로가 더 멋지고 행복하다는 것쯤은 알고 있으니까. 난 저 도로가 너무 부러워. 더 이상 상처 받을 것도 없어. 그러니 제발 솔직하게 말해줘. 아무도 솔직하지 않아. 난 그게 더 마음이 아파. 정말이야. 제발 솔직하게 저 도로가 더 멋지다고 말해줘. 내가 원하는 것이 맞다고 말해줘!"

마침, 바람이 불어 웅덩이에 담긴 물이 출렁거렸습니다. 마치 웅덩이가 성내는 것처럼 보였습니다.

놀란 새가 날개를 퍼덕이며 웅덩이에게 물었습니다.

"무슨 일이 있었던 거니?"

웅덩이는 결심한 듯 단호하게 말했습니다.

"그건 중요하지 않아. 솔직하게만 말해주면 돼."

　웅덩이가 너무 단호하게 나오자 당황한 새는 잠시 생각하더니 높이 날아올랐습니다. 웅덩이가 있는 하늘에 큰 원을 그리며 한 바퀴 돌았습니다. 그러고는 다시 웅덩이로 내려와서 말했습니다.

　"무슨 일이 있었는지 모르지만 솔직하게 말해줄게. 그래야 될 것 같아."

　웅덩이는 다음 말을 기다리며 가만히 있었습니다.

　"도로는 길게 이어져 있어. 생김새도 다 똑같아. 하지만 넌 너만의 모습을 갖고 있어. 살아있는 표정처럼."

　웅덩이가 중얼거렸습니다.

　"나만의 모습이라고…?"

　새가 고개를 끄덕이며 말했습니다.

　"너는 도로가 멋지다고 하지만, 너만의 모습을 갖고 있는 네가 훨씬 더 멋져."

웅덩이는 그럴 줄 알았다는 표정으로 새를 쳐다보며 말했습니다.

"저 곧고 깨끗한 도로보다 나같이 울퉁불퉁 제멋대로 생긴 웅덩이가 더 멋지다고? 그럴 줄 알았어. 너도 똑같아!"

새도 물러서지 않고 말했습니다.

"넌 왜 너를 보지 않니? 난 너와 도로, 둘 다 봤어. 네가 솔직하게 말해 달라고 해서 본 대로 솔직하게 말하는 거야. 넌 너만의 모습이 있어. 모든 건 저마다 생긴 모양이 있는데, 저 도로는 다 똑같이 생겼어. 평평한 도로를 만들려고 저마다의 모양을 모두 깎고 메워버렸어. 그렇게 모두 똑같아진 거야. 난 도로가 똑같이 길기만 해서 멋진지 어떤지 모르겠어. 하지만 너처럼 자신의 모습을 지니고, 그 안에 무엇인가를 담을 수 있다는 것이 멋지다는 건 알아."

웅덩이가 반박하려 했지만 새는 멈추지 않고 말했습니다.

"내가 무슨 말을 해도 믿지 않는 것 같은데, 겉으로 보이지 않는 멋진 모습에 대해 생각해 보면 좋겠어. 넌 너만의 멋진 모습을 갖고 있어. 게다가 넌 소중한 것을 담을 수 있잖아. 모습이 바뀐다고 행복해지는 건 아니야. 네 자신이 얼마나 소중한지 알았으면 좋겠어."

웅덩이가 맞받아서 말했습니다.

"나도 내가 소중한 걸 알아. 그래서 저 도로가 되어서 더 소중해지고 싶은 거야!."

새가 말했습니다.

"너는 네가 소중하다고 말하지만 무엇이 소중한지는 모르고 있는 것 같아. 자신이 소중하다는 생각만 있고 정작 그 소중함을 모르면 자기 생각만 하게 돼. 그러면 욕심을 부리게 되지."

웅덩이가 억지를 부렸습니다.

"나도 알아, 안다고! 난 욕심 부리지 않아."

새가 말했습니다.

"아니. 너는 아직 너의 소중함을 몰라. 난 아무리 맛있는 먹이도 필요 이상으로 배불리 먹지 않아. 그래서 언제든 무엇이든 맛있게 먹을 수 있지. 필요 이상으로 배불리 먹으면 맛을 따지게 되고 투정을 부리게 돼. 그러면 욕심이 생기지. 나는 지나치게 배불리 먹고 욕심껏 입에 물고 있으면 제대로 날 수 없어. 눈앞의 나무에 잎과 열매가 풍성하면 그 뒤에 무엇이 있는지 보이지 않아. 그래서 난 눈앞의 화려한 것을 조심하고 지나치게 욕심을 부리지 않아. 날아야 하니까. 나는 날 수 있는 내가 소중해. 물론 날개는 내가 노력해서 얻은 게 아니야. 주어진 것이지. 그렇다고 소중하지 않은 건 아니야. 정말 소중한 것은 주어진 것들이었어. 날 수 있는 날개와 날 수 있게 해주는 공기, 열매를 맺게 해주는 따뜻한 햇볕 같이 말이야. 그래서 그 소중함을 잘 모르지. 욕심은 그 소중함을 제대로 볼 수 없게 해."

새가 계속해서 말했습니다.

"난 먹이를 구하려 매일 분주하게 날아다녀야 하지만 불평하지 않아. 때론 작고 힘이 약해서 위험한 일을 겪기도 해. 그렇다고 필요 이상으로 욕심을 내고 다른 것을 부러워하면서 아까운 시간을 보내지는 않아. 독수리가 되면 행복할 거라고? 행복은 비교할 수 없어. 작고 힘없는 나의 행복과 크고 멋져 보이는 독수리의 행복이 다르지 않듯이 말이야. 행복은 무엇이 되어야 얻어지는 게 아니야."

새가 잠시 숨을 고르고 다시 말을 이었습니다.

"또 행복은 욕심을 부려서 얻는 것이 아니야. 그런 행복은 오래가지 않아. 금세 사라져. 나는 작은 열매송이를 한 알 한 알 먹을 때마다 행복해. 큰 열매를 찾아서 한번에 많이 먹으면 행복할 것 같지만 그렇지 않아. 욕심만큼 행복이 커지거나 오래가지 않는다는 걸 알아. 오히려 욕심을 버리면 열매송이 수만큼 자주 행복할 수 있어. 너는 네가 담고 있는 것이 주는 행복을 모르는 것 같아. 담을 수 있는 너의 모습과 네 안에 담긴 것을 생각해봐. 그게 진짜 행복이고 멋진 거야."

말을 마친 새는 할 말을 다했다는 듯 포르르 하늘로 날아갔습니다.

웅덩이는 날아가는 새를 보며 생각했습니다.

"나만의 모습? 그게 더 멋지다고? 이렇게 지저분하고 볼품없게 생겼는데? 도로가 되어도 행복하지 않을 거라니 믿을 수 없어. 말도 안 돼. 모두 똑같아. 날 속이고 있어!"

웅덩이는 이제 누구의 말도 믿지 않기로 결심했습니다.

그러나 자꾸만 새가 한 말이 귓가에 맴돌았습니다.

어느새 해가 지고 있었습니다.

붉게 물든 하늘과 저녁 해가 웅덩이에 가득 담겼습니다.

그 모습은 너무나 아름다웠습니다.

하지만 웅덩이는 도로만 바라보았습니다.

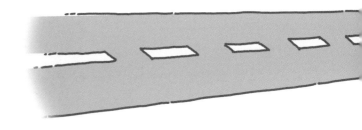

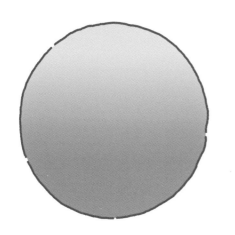

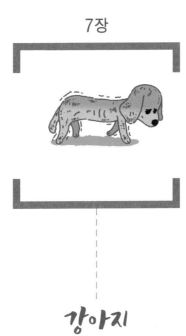

7장

강아지

웅덩이에 담긴 붉은 노을이 어둠으로 변해가고 있었습니다.

웅덩이는 어둠에 묻혀가는 도로를 바라보며 혼자 중얼거렸습니다.

"빨리 도로가 되고 싶어."

그때 강아지 한 마리가 웅덩이에게로 다가왔습니다. 축 늘어진 걸음걸이가 무척이나 지쳐보였습니다. 깡마른 몸집에 아무렇게나 자라 뭉친 털하며 몸 여기저기에 흙과 검불이 붙어 몹시 지저분했습니다.

어스름하게 변해가는 노을 빛이 강아지의 몸에 짙고 무거운 그림자를 드리워 더욱 힘들어 보였습니다.

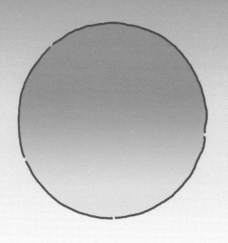

149

웅덩이 가까이 다가온 강아지는 웅덩이에 고인 빗물을 급하게 할짝거렸습니다.

어느 정도 목을 축이자 웅덩이 옆에 주저앉더니 이내 엎드리고는 끙끙거렸습니다. 어딘가 몹시 아파 보였습니다. 온몸을 떨며 한참을 끙끙대던 강아지가 혼잣말을 중얼거렸습니다.

"난 저 도로로 가야 해. 주인이 곧 올 거야."

강아지는 앞발에 올려놓은 고개를 힘겹게 돌려 도로를 바라보았습니다. 반쯤 감긴 눈빛이 흔들렸습니다.

"주인이 올 거야. 저 도로는 꼭 주인을 데려다줄 거야."

힘이 드는지 강아지는 긴 한숨을 내쉬었습니다.

"난 저 도로를 믿어."

웅덩이는 강아지가 너무 지쳐 보여 말도 못 걸고 함께 도로를 바라보았습니다.

잠시 뒤 강아지가 천천히 이야기를 시작했습니다.

"주인과 자주 산책을 했어. 난 먹는 것보다 산책이 더 좋았어. 우리는 주로 사람들이 거의 다니지 않는 흙길을 다녔어. 그곳에 가면 주인은 줄을 풀어주었어. 돌들이 아무렇게나 뒹굴고, 풀도 무성하고 잔 나뭇가지들이 멋대로 자라는 곳이었지만 마음껏 뛰어다닐 수 있어서 좋았어. 나는 이곳저곳을 자유롭게 뛰어다녔어."

강아지는 힘이 드는지 잠시 숨을 고른 뒤 다시 말을 이었습니다.

"어느 날, 산책길이 말끔하게 도로가 되어버렸어. 넓고 깨끗해졌지만 더 이상 그 길로 다닐 수 없었어. 도로는 점점 많아지고 넓어졌어. 나는 도로 옆 좁은 길을 줄을 짧게 매고 다녀야 했어. 저 넓고 편리한 도로를 두고 왜 이렇게 좁고 불편한 길로 다녀야 하는지 이해할 수 없었지만, 불편하지만 자유로운 길, 편리하지만 자유롭지 못한 길이 있다는 걸 그때 알았어."

강아지가 긴 한숨을 내쉬며 말을 이었습니다.

"햇살이 눈부신, 그러나 꽤 추웠던 어느 이른 봄날, 산책길에서 지금의 나 같은 떠돌이 개를 만났어. 털이 제멋대로 자라서 여기저기 뭉쳐 있고 흙과 오물이 온몸에 덕지덕지 묻어 있었어."

"그 개는 자기 털만큼이나 지저분하고 더러운 작은 이불 더미 위에 온몸을 떨며 힘겹게 앉아 있었어. 어딘가 많이 아파 보였는데 내가 다가가자 이빨을 드러내며 사납게 으르렁거렸어. 난 뒤로 물러섰어."

"그렇게 잠시 봄 햇살을 쬐더니 곧 일어나 느릿느릿 맞은편으로 사라졌어. 그 모습이 너무 불쌍하고 측은했어. 살 날도 얼마 남지 않은 것 같았어. 그 개를 보면서 난 주인이 있어서 정말 다행이라고 생각했어. 주인이 있는 한 그 보호 아래 그 안에서 언제까지나 안전하고 행복할 거라고 믿었지."

"그런데 그때 자유에 대해 잠시 생각했어. 내 자유는 묶인 거리, 갇힌 공간, 주인의 관심만큼 허락된 거였어. 답답하고 불편한 자유지. 하지만 그 불편함에서 벗어난 떠돌이 개한테 남은 거라곤 불쌍하고 처량한 몰골뿐이었어."

"주인을 잃거나 주인이 없는 개는 불쌍함 그 자체였어. 개한테 사람은 자유였어. 주인을 잃은 개는 불안과 공포밖에 없었어. 불안과 공포를 자유와 맞바꾼 거였지. 내가 누리고 있는 자유가 얼마나 큰 것인지 깨달았어. 너를 보면서 새삼 내가 너 같다는 생각을 했어. 내 안에 세상을 담고 있지만 내 의지만으로는 아무것도 할 수 없는, 주인의 사랑 속에 있어야만 자유로운 '웅덩이'. 난 그 '웅덩이'를 오직 주인만 바라보는 것으로 채웠어."

"개는 주인이 어떤 모습이든, 어떤 사람이든, 그 주인에 의해 삶이 어떻게 결정되든 주인만 바라봐. 어떤 대가를 치르더라도 찾고 싶은 것, 자유란 그런 것이었어. 개의 전부였어. 개는 그렇게 모든 것을 주인에게 바쳤어. 그러면서도 한 가지만 바라지. 자신의 목숨과 자유를 맡아달라고 말이야. 개는 한 치의 의심도 없이 주인이 자신을 책임질 거라고 믿어. 그것이 끊겨버리면 불안과 공포만 남으니까. 자유는 어딘가에 구속되어 있을 때 바라게 되지. 진정 자유로우면 자유에 대한 갈망도 없을 거야.

그런데 난 지금 주인도 없고 줄에 묶이지도 않았는데 마음껏 뛰어놀지를 못해. 어디에도 구속되지 않았는데 자유를 얻으려고 잃어버린 주인을 찾고 있어. 개는 태어나면서부터 자유를 잃어버렸는지 몰라. 그 자유를 주인에게서 허락 받고 얻으려고 해. 스스로는 절대 자유롭지 못해."

"도로가 되고 싶다고 했지? 네가 무엇을 선택하든 상관없어. 하지만 그 어떤 것에도 의지하지 않고, 또 얻으려 하지 않는 자신만의 자유를 먼저 찾았으면 해. 그래야 진정한 선택을 할 수 있어. 자신이 아닌 다른 모습으로, 또는 다른 것에 의지해서 얻으려고 하면 자신도 모르게 자신의 자유를 그것에 맡기게 돼. 그렇게 되면 그 안에서만 자유롭게 되고 그것에만 의존하고 집착하게 되지. 내가 주인과의 거리, 주인의 공간, 주인의 사랑 안에서만 자유로웠던 것처럼 말이야. 그렇게 되면 네가 진정 자유로워졌을 때조차 불안과 공포만 남아."

"너의 자유를 잃어버리면 진정한 너의 행복은 오지 않아. 잘 생각해봐. 지금 너의 선택이 정말 너의 자유로운 선택인지 아니면 다른 것에 얽매여 선택하고 있는지를 말이야. 이때 눈에 보이는 얽매임보다 자신도 모르게 자신 안에 숨어서 얽매이는 것을 조심해야 돼. 그것은 정말 무서워. 마치 자신의 생각인 양 착각하게 만드니까. 자유란 중요한 거야. 강아지가 오로지 주인만 바라보는 것은 주인이 자유라 생각하고 믿기 때문이지. 난 네가 진정한 자유를 찾았으면 좋겠어."

강아지가 천천히 몸을 일으키며 말했습니다.

"난 늦었어. 이미 나의 자유를 잃어버렸어. 저 도로가 내 자유를 데려다 줄 거야. 내 주인은 무책임한 사람이 아니니까, 나의 모든 것을 가지고 있으니까."

일어서는 강아지에게 웅덩이가 말했습니다.

"도로는 나의 선택이야."

강아지가 발걸음을 떼려다 말고 웅덩이를 보며 말했습니다.

"도로가 되어서 자유롭고 싶은 거니? 넌 너의 자유가 도로라고 생각하는 것 같구나."

잠깐 동안 말없이 웅덩이를 보던 강아지가 다시 말했습니다.

"내가 보기에 넌 작은 웅덩이에 갇혀 있는 것 같아. 작은 웅덩이가 너의 전부가 아니야. 넌 더 큰 것이야."

강아지가 천천히 몸을 움직이며 말했습니다.

"고마워, 네가 담은 물 덕분에 주인을 기다릴 힘을 얻었어. 잊지 않을게."

말을 마친 강아지는 도로 쪽으로 천천히 걸어갔습니다.

웅덩이는 강아지가 무슨 말을 하는지 도무지 알 수 없었습니다. 하지만 왠지 마음이 무거웠습니다.

웅덩이는 강아지의 뒷모습을 보며 자신을 지저분하게 더럽히는 물이 많은 동물들에게 도움이 되는 것을 어떻게 받아들여야 할지 혼란스러웠습니다. 모두가 고마워하는 물은 자신의 노력으로 얻은 것이 아니라 하늘에서 내려서 그냥, 당연히 담긴 것이었으니까요.

웅덩이는 강아지가 말하는 동안 내내 마음이 무거웠지만, 말끝에 물을 마시게 해줘서 고맙다는 말을 하자 짜증이 확 일었습니다. 웅덩이는 나한테 고마워할 필요 없어 하고 소리치고 싶었습니다. 하지만 강아지가 너무 힘들어 보여 꾹 참았습니다.

바람이 살랑 불어왔습니다.

강아지에 대한 생각이 물결 따라 흩어졌습니다.

웅덩이는 다시 도로를 보았습니다. 천천히 힘겹게 도로로 걸어가는 강아지가 보였습니다. 강아지가 도로 가장자리에 앉았습니다.

어느새 밤이 깊었습니다.

강아지가 앉아 있는 밤하늘 위로 크고 둥근 달이 떠올랐습니다. 강아지는 주인이 달을 보라고 가리키기라도 한 듯 달을 올려다보았습니다.

주인의 마음을 읽으려, 주인의 마음에 가까이 닿으려, 주인의 손가락이 가리키는 달을 올려다보았습니다. 주인을 기다리는 강아지의 두 눈에 주인이 가리키는 달이 가득 담겼습니다. 그 달이 웅덩이에도 가득 담겼습니다. 주인이 강아지를 잘 찾을 수 있도록 웅덩이가 도로를 잘 볼 수 있도록 달은 세상을 환하게 비추었습니다.

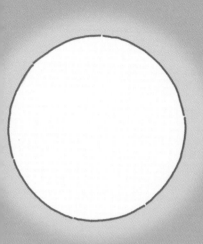

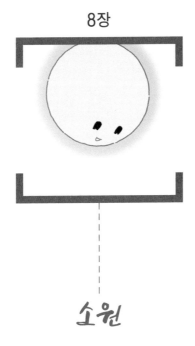

8장

소원

웅덩이는 달을 올려다보고 있는 강아지를 보았습니다. 그 모습이 꼭 달에게 주인을 데려다달라고 비는 것 같았습니다. 웅덩이도 소원을 빌고 싶어졌습니다. 웅덩이는 달을 올려다보았습니다. 그리고 소원을 빌었습니다.

"달아, 도로가 되게 해줘."

"누구니?"

달이 물었습니다.

웅덩이가 대답했습니다.

"내가 보이지 않니? 나 웅덩이야."

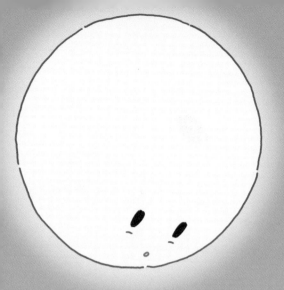

175

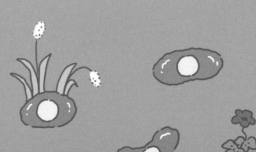

달이 대답했습니다.

"아, 너로구나! 바로 알아보지 못해서 미안해. 나는 너뿐만 아니라 다른 웅덩이에도 담겨 있거든."

"다른 웅덩이에도 담겨 있다고?"

웅덩이가 놀라서 물었습니다. 달이 대답했습니다.

"응, 모두 자신의 모습으로 나를 담고 있지. 그러면서 모두 자신의 소원을 빌어."

"그렇구나."

달이 말했습니다.

"너는 무슨 소원을 빌었니?"

웅덩이가 대답했습니다.

"난 도로가 되고 싶어. 도로가 되게 해줘."

달이 말했습니다.

"모두들 소원을 빌 때 한결같이 이것을 해주세요, 저것을 이루어주세요 하면서 원하는 것을 빌어. 그건 소원을 비는 게 아니야. 심부름을 시키는 거야. 이걸 해줘, 저걸 해줘, 이렇게 해줘, 저렇게 해줘 하면서."

웅덩이가 대답했습니다.

"아, 그건 미처 생각 못했어. 그럼 어떻게 해야 돼?"

달이 말했습니다.

"조금 전에 강아지가 내게 소원을 빌었어."

'역시, 소원을 빌고 있었어.'

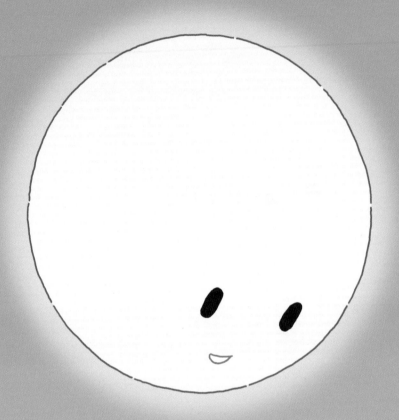

"주인이 자신을 찾을 때까지 원망하지 않고 기다릴 수 있기를 빌었어."

달의 말에 웅덩이는 깜짝 놀랐습니다.

'주인을 데려다달라는 것이 아니었구나!'

달이 말했습니다.

"난 많은 소원을 들어봐서 그 마음을 잘 알아. 이것을 주세요, 저것을 해주세요 하는 소원은 금방 소원을 빌어도 소용없어 하는 마음을 갖게 돼. 강아지는 나뿐만 아니라 자신에게, 주인에게, 이 세상 그 무엇에게든 원망하는 마음이 생기면 버티지 못하고 포기하게 될까봐 두려웠던 거야. 강아지의 소원인 주인은, 내가 갖고 있는 것이 아니라 강아지가 기다리는 것이니까. 강아지의 소원은 강아지의 것이니까. 자신이 포기하면 소원도 사라져버린다는 걸 알고 있는 거야. 그래서 원망이 생기지 않도록 빌었어. 포기하지 않으려고."

달이 계속해서 말했습니다.

"나는 누구의 소원도 갖고 있지 않아. 그 소원들은 내 것이 아니기 때문이지. 너의 소원은 너의 것이야. 다른 무언가가 갖고 있지 않아. 그러니까 소원은 이루어달라고 하는 것이 아니라 스스로 이룰 수 있도록 다짐하는 거야. 너의 소원이 너의 것이 될 수 있도록 말이야."

웅덩이가 말했습니다.

"그렇구나, 내 소원은 내 것이구나!"

달이 말했습니다.

"너의 소원이 네 것인 건 너무나 당연하지."

웅덩이는 빗물이 한 말이 떠올랐습니다.

"당연한 것은 소중한 거야."

웅덩이가 말했습니다.

"내가 원하는 것을 내가 해낼 수 있도록…."

달이 말했습니다.

"응, 소원은 거저 얻어지는 것을 바라는 게 아니야. 이루는 과정으로 너의 것이 되는 거야. 그러니 원하는 것을 달라고 하는 것보다 원하는 것을 얻기 위해 열심히 하도록 다짐하는 소원을 비는 것이 훨씬 더 많이 이루어질 수 있어."

웅덩이는 다시 소원을 빌었습니다.

"내가 도로가 될 수 있도록 다짐…. 아니, 용기를 주세요."

달이 가볍게 미소를 지으며 말했습니다.

"처음보다는 많이 나아졌는걸. 무엇이든 한 번에 되는 것은 없어. 모든 것은 과정이 필요해. 어느 날 갑자기 원하는 모습으로 되는 건 이 세상에 없어. 모든 것은 아주 작은 변화에서부터 생겨나지. 아주 작은 변화에서 아주 작은 것들이 오랜 시간 동안 뭉치고 깨지고 흩어지고 다시 뭉치는 과정을 거쳐서 생겨나. 나와 너도 그렇게 생겨난 거야. 세상은 변화해. 모든 것은 그 변화의 과정 속에 있어. 변화는 시련이기도 해. 변화로 생겨나서 변화에 맞서는 것이지. 생명은 그 변화의 시련을 극복하며 견뎌왔어. 시련을 극복하지 못한 생명은 지금 우리 곁에 없어. 그래서 모든 생명은 소중해."

"꽃도 작은 씨앗이 힘든 과정을 이겨내고 피운 거야. 웅덩이 너도 알아볼 수 없는 작은 자국에서 조금씩 커져서 지금의 모습이 되었지. 씨앗은 꽃을 피우는 과정이 자신이라는 것을 알아. 꽃은 금방 시들고 말지만 그 과정인 뿌리와 줄기가 튼튼하면 다시 피울 수 있지. 그리고 다시 그 과정을 품은 씨앗이 돼. 세상을 있게 한 변화가 만들어낸 모습이지. 모든 것에는 과정이 있어. 결과는 그 과정이 쌓여 만들어지는 거야. 이루기 위해 당연히 해야 하는 것, 그것이 쌓여 자신의 것이 되는 거야."

184

달이 물었습니다.

"왜 도로가 되려고 하니?"

웅덩이가 바로 대답했습니다.

"난 울퉁불퉁 못생기고 지저분하고 질척대고 쓸모없어. 그래서 저 멋지고 깨끗하고 곧은 도로가 되고 싶어. 도로만 되면 내가 원하는 것을 얻을 수 있을 것 같아."

달이 말했습니다.

"세상에는 이것만 하면 돼, 저것만 되면 돼, 라는 건 없어. 만약 누군가가 그렇게 말한다면 또 그런 생각을 갖게 되었다면 다시 한번 신중하게 생각하고 의심해봐. 네가 도로가 된다고 해도 모든 것을 얻을 수는 없을 거야."

웅덩이가 물었습니다.

"그럼, 내가 원하는 것을 얻으려면 어떻게 해야 돼?"

달이 대답했습니다.

"그건 누가 정해줄 수 있는 게 아니야. 원하는 것을 이루는 과정의 선택은 자신의 몫이야. 삶은 누군가가 대신할 수도 책임질 수도 없기 때문이지. 누군가 시키는 대로 하는 것은 네 삶이 아니야. 너의 삶은 주어진 거야. 그것을 채우는 것이 너의 몫이고 너의 것이야. 너의 삶은 너에게 주어진 것이니까."

웅덩이가 말했습니다.

"어려워. 난 지저분하고 쓸모없는 지금이 싫어."

달이 물었습니다.

"네가 지저분하고 쓸모없다고?"

"그래."

"너도 알다시피 나는 세상 모든 웅덩이에 다 담겨. 담기는 모습도 다 다르지. 그건 웅덩이마다 자신만의 모습이 있기 때문이야. 난 웅덩이에 담기는 모습으로 그 웅덩이의 달이 돼. 너는 나뿐만 아니라 모든 걸 다 담을 수 있어. 도로를 부러워하는 네 마음은 이해하지만 도로가 되면 넌 지금처럼 담을 수 없어. 너만의 소중함을 잃게 돼."

달이 말을 이었습니다.

"넌 도로는 좋은 것, 웅덩이는 나쁜 것이라고 생각하는구나."

187

웅덩이가 대답했습니다.

"도로는 멋지고 좋아. 웅덩이는 지저분하고 쓸모없어서 싫어."

어느 틈엔가 웅덩이의 마음에 선이 그어졌습니다. 질투와 욕심이 편견과 고집이 되어 도로는 좋은 것 착한 것이 되었고, 다른 것은 싫은 것 나쁜 것이 되었습니다.

달이 말했습니다.

"모든 것에는 좋은 것과 나쁜 것이 함께 있어. 좋기만 한 것은 없어. 나도 밝은 면만 있는 게 아니야. 어두운 면도 있지. 하지만 난 하나야. 넌 도로의 멋진 면만 보고 좋은 거라고 생각하고 웅덩이의 싫은 면만 보고 나쁜 거라고 생각하고 있어. 웅덩이에도 좋은 면이 있고 도로에도 나쁜 면이 있어. 왜 너의 좋은 면을 보려고 하지 않니?"

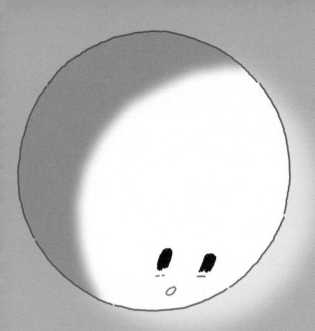

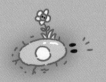

웅덩이가 대답했습니다.

"나한테 좋은 것은 없어. 물론 다들 나한테 담긴 물을 좋아해. 하지만 물은 내 것이 아니야. 난 물이 싫어. 나를 지저분하게 하니까. 물 때문에 지저분해지는 내가 싫어."

달이 말했습니다.

"네가 담은 것에서 많은 것이 생겨나고 자라. 그리고 많은 친구들이 찾아오지. 그것이 너의 세상이야. 그건 소중한 거야."

웅덩이가 단호하게 말했습니다.

"모두 똑같은 말만 해. 난 담는 것이 왜 소중한지 모르겠어. 내가 모르는 소중한 것보다 웅덩이들과 사람들이 좋아하는 멋진 게 더 좋아. 저 도로처럼 말이야. 그게 더 행복할 것 같아."

달이 웅덩이의 말을 듣고 무언가 생각난 듯 물었습니다.

"도로가 되고 싶은 것이 네가 진정으로 원하는 것인지, 아니면 다른 것과 비교해서 인정받기 위해서 원하게 된 것은 아닌지 생각해본 적 있니?"

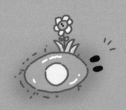

웅덩이는 잠시 생각에 잠겼습니다.

문득 빗물이 한 말이 떠올랐습니다.

"넌 웅덩이들과 사람들이 좋아하는 것을 원하고 있구나."

웅덩이는 고개를 가로저었습니다.

"도로가 되고 싶은 건 내가 원하는 거야. 아무도 도로가 되라고 한 적은 없으니까. 그게 인정받고 싶어 하는 거라면 그렇다고 할게. 그런데 인정받고 싶어 하는 게 잘못이야?"

웅덩이는 도로가 되고 싶은 것은 너무도 당연하다고 생각했습니다. 그리고 그것은 자신이 원하는 거라고 굳게 믿고 있었습니다. 달의 설득에 좀 혼란스럽고 흔들리기도 했지만 곧 마음을 다잡았습니다.

'한번 결심했으면 이루어질 때까지 흔들리면 안 돼. 한 곳만 보고 가야 해. 저 멋진 도로에 비하면 난 너무 볼품없고 하찮아. 난 원하는 것을 찾았어. 오직 그것만을 위해 앞으로 나아가야 해. 그렇지 않으면 난 아무것도 아니야.'

웅덩이는 자신의 생각을 확신으로 가두고 단단히 굳혔습니다. 자신의 생각과 같지 않은 것에는 귀를 기울이지도 마음을 열지도 않겠다고 다짐하고 또 다짐했습니다.

웅덩이가 달을 올려다보며 단호하게 말했습니다.

"도로가 되고 싶은 것은 내가 원하는 거야!"

그러고는 시선을 돌려 도로만 바라보았습니다.

'소원을 들어주지 않아도 좋아.'

웅덩이는 도로가 되기 위해서는 작고 보잘것없는 것들에서 벗어나야 한다고 생각했습니다. 지금까지 자신을 찾아온 친구들이 해준 이야기들과 그 이야기에 따른 생각들은 모두 하찮은 것일 뿐이었습니다.

'모두 당연하게 생겨나 그냥 흔하게 있는 것들이잖아.'

웅덩이의 마음속 깊은 곳에 자신의 생각만을 굳게 믿는 고집이 쌓였습니다. 그 고집은 소중한 것을 볼 수 있는 눈과 자신이 담고 있는 것을 모두 덮어버렸습니다.

"도로가 되는 것보다 더 큰일은 없어!"

그런 웅덩이를 보며 달이 말했습니다.

"넌 네게 담긴 것을 보지 못하고 담을 수 있는 너의 소중함을 알려고 하지 않는구나. 나도 너와 같은 것으로 만들어졌어. 네가 해내는 것을 봐. 작은 웅덩이가 너의 전부가 아니야. 그동안 너를 찾아온 친구들의 소중한 이야기를 듣고 너에게서 자란 풀과 꽃을 보고서도 마음이 자라지 못했구나. 좁은 마음으로 너를 가둔 채 눈앞에서 일어난 일도 제대로 보지 못하고 있어. 좁은 마음에는 욕심과 고집이 생기기 마련이야. 넌 너를 잃어버리고 있어. 너의 짧은 생각으로 쌓인 고집을 걷어내야 너의 진짜 모습을 알 수 있어."

달이 안타까운 듯 말했습니다.

"네가 도로를 부러워하는 것은 너를 초라하고 하찮게 여기기 때문이야. 이 세상에서 너를 하찮게 할 수 있는 것은 너뿐이야. 지금 너에게 가장 위험한 것은 바로 너야."

웅덩이는 달을 쳐다보지도 않고 말했습니다.

"나는 움직일 수도 없고 스스로는 아무것도 할 수 없는, 흔하고 지저분하고 당장 없어져버려도 전혀 이상하지 않는 쓸모없는 웅덩이일 뿐이야."

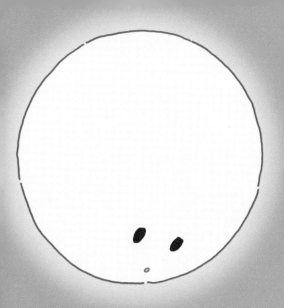

197

달의 진심 어린 말에도 이미 굳어버린 웅덩이의 마음은 아무것도 담을 수 없었습니다. 웅덩이는 모두가 같은 말만 한다고 생각했습니다.

웅덩이는 다시 한번 마음을 굳혔습니다.

"도로가 되고 싶어. 도로가 되지 않으면 난 아무것도 아니야."

달이 안타까움 가득한 얼굴로 웅덩이에게 말했습니다.

"너의 소원은 이루어질 거야."

9장

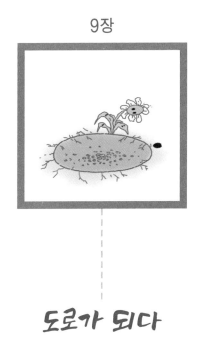

도로가 되다

한동안 비가 오지 않았습니다.

웅덩이에 담긴 물도 모두 말라버려 바닥에 촘촘히 박혀 있던 메마른 잔돌들이 드러났습니다. 작은 풀과 꽃도 시들어갔습니다.

하지만 웅덩이의 시선은 도로에 못 박힌 채 꿈쩍도 하지 않았습니다.

어느 날 오후, 이미 시들어 흔적만 겨우 남은 풀과 꽃이 처음으로 웅덩이에게 말을 걸었습니다.

"우리를 자라게 해줘서 고마워."

"네 덕분에 꽃을 피우고 씨앗을 품을 수 있었어. 우린 너에게서 다시 자랄 거야. 잊지 않을게."

풀과 꽃이 말을 마치자 사방이 고요해졌습니다. 풀벌레 소리도, 요란하게 재잘대던 새소리도 더 이상 들리지 않았습니다.

멀리서 쇠붙이 소리가 들려왔습니다.

땅이 흔들리고 메마른 웅덩이에 흙먼지가 일었습니다.

얼마 지나지 않아 그 소리는 점점 가까이에서 들려오고 흙먼지가 뿌옇게 일었습니다. 그러다가 한순간 무겁고 큰 쇳덩이가 웅덩이를 덮쳤습니다. 웅덩이는 풀과 꽃과 함께 패이고 파헤쳐졌습니다. 그리고 그 위로 도로가 놓였습니다.

마침내 웅덩이의 소원이 이루어졌습니다.

웅덩이는 이제 빗물도, 하늘도, 해도, 달도, 별도, 구름도, 아침햇살도, 붉은 저녁노을도 담을 수 없게 되었습니다. 풀도 꽃도 피울 수 없고, 풀벌레, 나비, 고양이, 강아지, 달팽이를 볼 수도, 그들의 이야기를 들을 수도 없게 되었습니다.

도로가 된 웅덩이는 당연히 주어졌던 소중한 것들을 모두 잃었습니다.

그토록 바라던 도로가 놓였지만 사람들은 이야기를 나눌 여유를 잃었습니다. 도로가 넓어져서 전보다 더 빠르게 건너야 했기 때문입니다. 곁의 사람과 대화할 시간도, 길가에 핀 꽃들을 들여다볼 여유도 없어졌습니다.

도로는 흙길이 간직했던 사람들의 발자국조차 남기지 않았습니다.

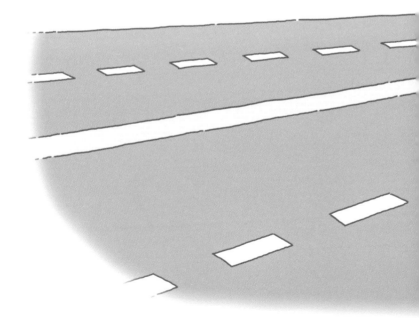

오랜 시간이 지났습니다.

언제까지나 단단할 것만 같던 도로가 바퀴에 치여 깨어져 갈라지기 시작했습니다.

도로의 갈라진 틈으로 작고 여린 풀 한 포기가 힘겹게 고개를 내밀었습니다. 웅덩이가 있던 그 자리였습니다.

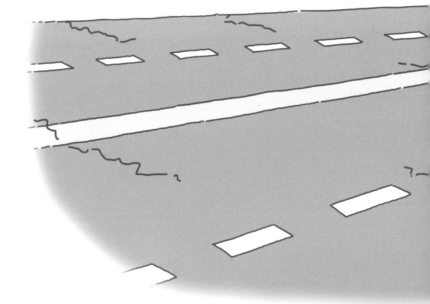

웅덩이가 사라진 뒤 동물들은 웅덩이를 그리워했습니다.

달팽이와 풀벌레들이 도로 위에서 죽어갔습니다. 하찮고 쓸모없는 것들은 그렇게 도로 위에서 스러져갔습니다. 웅덩이가 그토록 바라던 도로는 아무것도 담지 않았습니다.

웅덩이는 몰랐습니다.

자신을 하찮게 여기고 도로가 되기만을 바랐던 마음들이, 자신을 잃어버린 마음들이 도로를 만든다는 것을.

웅덩이는 몰랐습니다.

겉모습은 그것을 좇는 마음들이 만든다는 것을.

웅덩이는 몰랐습니다.

좇는 마음이 사라지고 돌보아주지 않으면 도로는 금세 깨어져 흉측한 민낯을 드러낸다는 것을.

웅덩이는 몰랐습니다.

돌보아주지 않아도 부서져 갈라진 도로를 뒤덮을 만큼 강한 힘을 지닌 풀을 자신이 자라게 한다는 것을.

웅덩이는 몰랐습니다.

웅덩이 자신과 웅덩이에서 자란 것들이 하찮지 않다는 것을.

웅덩이는 몰랐습니다.

도로는 정해진 길을 빠르게 가기 위한 수단이자 도구였다는 것을.

도로의 깨어진 틈으로 풀이 힘겹게 고개를 내민 날 밤에 비가 내렸습니다. 비는 금세 도로를 적셨습니다. 젖은 도로에 별이 비쳤습니다. 도로를 흥건히 적신 빗물은 도로 위를 눈물처럼 흘러내리며 웅덩이를 찾았습니다.

빗물은 웅덩이가 생겼을 때부터 모습을 잃어버린 지금까지 잊지 않고 웅덩이를 찾았습니다. 웅덩이는 빗물을 싫어했지만 빗물은 웅덩이를 찾겠다던 약속을 당연하게 지키고 있었습니다.

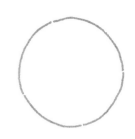

10장

영원한 소원

달이 높게 뜬 어느 날 밤이었습니다.

깡마르고 털이 뭉쳐 지저분한 강아지 한 마리가 금방이라도 쓰러질 것 같이 비틀거리며 한 걸음 한 걸음 힘겹게 도로 위를 걸어 웅덩이가 있었던 자리로 다가왔습니다.

219

웅덩이가 있었던 곳에 다다르자 강아지는 쓰러지듯 주저앉았습니다.

무거운 뒷발을 도로에 붙이고 앞발로 힘겹게 버티며 달을 올려다보았습니다.

하지만 얼마 버티지 못하고 옆으로 쓰러졌습니다.

그 순간 강아지 눈에 봄볕 아래에서 만났던 떠돌이 개가 보였습니다.

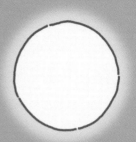

강아지는 그 떠돌이 개의 마지막을 온몸으로 느끼며 두 눈에 가득 달을 담았습니다. 그리고 이 세상에서의 마지막 숨을 길게 내뱉었습니다. 신음 같은 마지막 숨결에 아무도 알아듣지 못할 만큼 작은 소리가 실려 나왔습니다.

"주인님을 원망하지 않아요. 기다릴 뿐이에요…."

잠시 후 도로가 담을 수 없는 달이 조금의 흔들림도 없이 강아지의 눈에 가득 담겼습니다.

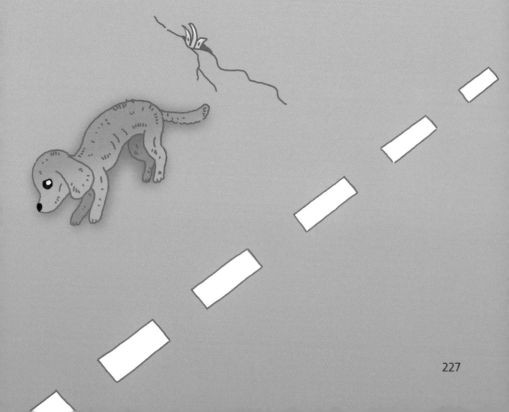

주인을 기다리던, 자유를 기다리던 강아지의 소원은
강아지의 것으로 영원히 이루어졌습니다.

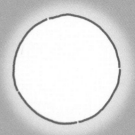

229

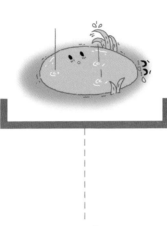

11장

다시 만나다

다시 비가 왔습니다.

도로와 땅에 닿은 빗방울은 빗물이 되었습니다. 그때였습니다.

"빗물아!"

빗물이 도로 옆 풀이 듬성듬성 난 풀밭을 적시고 있을 때 누군가가 부르는 소리가 들렸습니다. 깜짝 놀라 주위를 두리번거리며 물었습니다.

"누구니?"

"나야, 웅덩이."

그 소리는 가까운 곳에서 들려왔습니다.

"여기야, 여기!"

다시 빗물을 부르는 목소리는 몹시 떨리고 들떠있었습니다.

주위를 살펴보니 풀밭에 작은 웅덩이가 있었습니다. 웅덩이 가에 핀 풀이 빗방울에 맞아 흔들리며 여기야 손짓하고 있었습니다. 빗물은 웅덩이로 흐르며 담겼습니다.

"기다렸어!"

웅덩이가 빗물을 보며 떨리는 목소리로 말했습니다.

빗물이 놀란 목소리로 말했습니다.

"설마···."

"맞아, 그 웅덩이야!"

빗물은 그제야 웅덩이를 알아보았습니다.

"내가 너를 얼마나 찾았는데!"

빗물은 너무나 반가워서 울먹였습니다.

"미안해."

빗물은 그토록 오랫동안 찾던 웅덩이를 만났지만 막상 무슨 말을 해야 할지 얼른 떠오르지 않았습니다. 웅덩이가 그런 빗물을 보며 말했습니다.

"정말 약속을 지켜주었구나."

빗물이 마음을 진정시키고 대답했습니다.

"당연하지."

"네가 올 때마다 보고 있었어."

빗물은 웅덩이가 아직도 자신을 싫어할지도 모른다고 생각했습니다.

"그랬었구나. 혹시 아직도 나를 미워하니?"

"그럴 리가! 널 얼마나 기다렸는데."

"나를?"

"응."

"왜?"

"네가 나한테 얼마나 소중한지를 알게 되었으니까."

웅덩이가 계속해서 말했습니다.

"난 너의 소중함을 몰랐어. 그동안 나 때문에 많이 답답하고 속상했을 텐데 그런 생각조차 못했어."

웅덩이는 빗물을 보며 말했습니다.

"그런데도 넌 매번 나를 찾아왔어."

빗물은 조용히 웅덩이의 말을 들어주었습니다.

"그때는 작은 웅덩이가 나의 전부라고 생각했어. 내게 담긴 것도 모두 당연하고 하찮게 여겼지. 난 내가 무엇인지도 모르면서 눈앞에 보이는 도로가 되고 싶었어. 웅덩이들도 그렇고 사람들이 다 좋아하고 멋지다고 했으니까. 도로만 되면 행복해질 것 같았어. 조급하고 짧은 생각이었지만 보고 싶은 대로 세상을 봤어."

계속해서 웅덩이가 말했습니다.

"그렇게 눈먼 채로 지내면서 나 자신을 보지 못했어. 그런 상태로 다른 것을 좇을 때 나를 잃어버리게 된다는 것을 뒤늦게 깨달았어."

한숨을 쉰 웅덩이는 도로를 바라보며 말했습니다.

"내가 도로가 되는 건 나를 잃어버리는 거였어."

감정이 북받치는지 웅덩이는 잠시 말을 멈추고 도로를 바라보았습니다. 빗물은 그런 웅덩이를 가만히 지켜보았습니다. 웅덩이가 다시 말을 이었습니다.

"저곳이 파헤쳐져서 한때의 나였던 웅덩이가 흩어질 때 내가 믿고 고집했던 것이 같이 흩어져 사라졌어. 너무나 혼란스러웠지. 그리고 다시 이곳에 쌓였을 때 비로소 나는 내가 무엇인지를 깨달았어. 그러자 내가 이전과는 다르다는 걸 느꼈어."

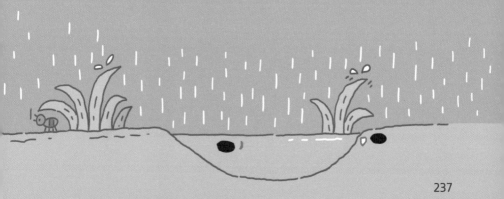

웅덩이가 잠시 숨을 돌린 뒤 말했습니다.

"웅덩이였던 내가 흩어져 사라지자 난 흙이 되었어. 여전히 나는 변함이 없는데 말이야. 그제서야 나는 알게 되었어. 겉모습이 달라져도 나는 나라는 사실을.

이제 알 것 같아. 나의 의미는 무엇처럼 되는 것이 아니라 '나'가 되는 거였어. 그것은 다른 것에서 찾을 게 아니라 나 자신한테서 찾는 거였어. 나는 담고 자라게 하는 거였어. 그것이 나의 의미였고 내가 원하는 거였어. 이제 난 내가 누구인지 또 담는다는 것이 얼마나 소중한지를 알아."

웅덩이는 눈을 감으며 말했습니다.

"난 그동안 어둠 속에 있었어. 내 눈앞의 도로와 같은 검은 어둠이었지. 밝은 한낮이라도 알지 못하면 어둠 속에 있는 것과 같아."

웅덩이가 눈을 뜨며 말했습니다.

"이제 모든 것이 밝아졌어. 너무나 기뻐. 풀과 꽃이 처음이자 마지막으로 했던 말을 이제 알겠어. 여름 땡볕 아래 온몸으로 햇빛을 받으면서도 기뻐서 춤추던 그들의 모습을 잊을 수가 없어. 그들은 알고 있었던 거야. 그때의 햇빛은 앎의 빛이었어. 그들은 어둠 속에 있던 나를 끝까지 지켜주었어."

웅덩이가 가슴 벅차하면서 말했습니다.

"이제야 원하는 것과 무엇이 되려는 건 다르다는 것을 알았어. 무엇이 되어야 원하는 것을 할 수 있는 게 아니었어. 자신의 것을 하는 과정에서 무엇이 되는 거였어. 난 도로가 무엇인지도 모르면서 웅덩이들과 사람들이 좋아해서 되고 싶어 했어.

나를 알게 된 지금의 내가 만약 사람이 되어서 별을 본다면 틀림없이 별을 사랑하는 마음을 가진 사람일 거야. 그래서 천문학자나 별을 노래하는 문학가, 별을 그리는 예술가, 또는 별을 보기 위해 천체망원경을 만드는 사람이 되어 별의 아름다움을 알리고 나누려고 하겠지.

그러나 이전의 나라면 나눌 줄은 모르면서 인정받고 지위를 누리는 천문학자나 혹은 문학가, 예술가가 되었을 거야. 원하지도 않는 별을 보면서 말이야. 그런 나를 사람들은 부러워하겠지. 내 지위와 자리를 탐내면서. 그리고 서로 헐뜯고 경계하면서 그 자리에 가기 위해 경쟁하겠지. 도로는 그런 사람들한테 필요한 거였어.

　반대로 내가 원하는 것을 하면 그것을 원하는 사람이 많아져도 도리어 더 많은 것을 알게 되고 나누게 돼. 그 안에서는 자신만의 것을 키우고 자라게 할 수 있어. 이제 난 내게 담기고 자라는 것을 보면서 진정한 행복을 느껴."

"무엇보다 내게 담긴 것이 얼마나 소중한지 이젠 알아. 그것이 자랄 수 있도록 기다릴 줄도 알지. 나한테 담긴 것의 소중함을 모르고 스스로 방향을 잡지 못하면 누군가가 가리키는 대로 정해진 길을 갈 수밖에 없다는 것을 깨달았어. 도로는 무엇인가를 담지도, 자라게 하지도 못해. 뿐만 아니라 작고 하찮은 것들은 죄다 지워버려. 나도 도로를 보면서 나를 하찮게 여기고 쓸모없다고 생각하면서 나를 지워버렸지. 나만의 자유로운 생각과 많은 가능성조차 말이야. 한 곳만 보고 마음을 닫은 채 생각도 마음도 도로처럼 굳어져 갔어."

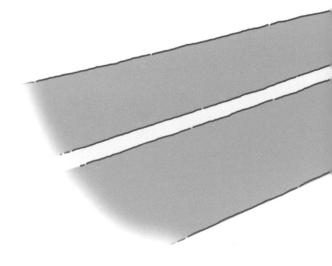

"도로는 싹을 틔울 수도 없고 생명을 자라게 하지도 못해. 그리고 소중한 것도 볼 수 없게 하지. 담는 것은 세상을 보는 눈을 가지는 거였어. 넌 나의 눈이 되어 주었어."

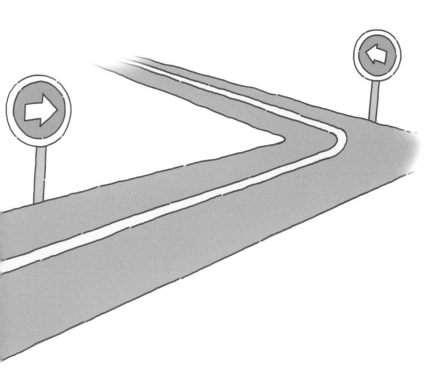

웅덩이는 깊은 한숨을 내쉬었습니다.

"여기서 도로를 보았어. 풀벌레, 달팽이, 지렁이, 주인을 기다리는 강아지, 그리고 수많은 동물들이 도로 위에서 스러지는 것을. 내가 웅덩이라고 생각했을 때 그것은 나와는 상관없는 일이었어. 나를 찾아오는 친구들의 소중함을 알지 못했던 거야. 그들이 도로 위에서 사라질 때조차 제대로 보지 못했어. 그렇게 오랫동안 도로만 보고 있었는데 말이야."

웅덩이는 잠시 말을 멈추었습니다.

"내가 흙이 되면서 너의 말이 이해되었어. 그동안 나를 찾아오고 진심으로 말해준 친구들에게 너무 미안하고 부끄러워. 그들이 도로에서 스러졌다는 사실이 너무 마음 아파. 내가 담고 있는 것은 누군가가 내게 준 것이었어. 이제는 나도 누군가에게 나누어주려고 해."

빗물이 미소를 띠며 말했습니다.

"이제 진정한 너의 주인이 되었구나. 언젠가는 이런 날이 올 줄 알았어."

웅덩이가 말했습니다.

"오래전 난 소중한 친구들의 이야기를 당연하다고, 알고 있다고, 내 생각과 다르다고, 어렵다고 지나치며 받아들이지 못했어. 내 생각만 고집하느라 나를 속이면서 그런 내가 옳다고 믿었어."

웅덩이가 진심을 담아 말했습니다.

"고마워. 너와 친구들이 소중한 것을 보게 해주고 알게 해주었어. 너와 친구들이 없었다면 흙이 된 지금도 깨닫지 못하고 도로가 되지 못한 것을 원망하고 있었을 거야."

빗물이 말했습니다.

"아니야, 네가 안 거야. 모든 것은 스스로 깨닫게 되어 있어. 누군가의 도움을 받을 수 있겠지만, 스스로 이해하지 못하면 아무 소용없어. 난 네가 언젠가는 깨닫게 될 거라고 믿었어. 네게 담겨서 자랄 수 있었던 것은 네가 세상의 것을 담고 세상의 변화와 마주했기 때문이야.

세상을 움직이고 모든 것을 있게 하는 힘은 당연하게 여기고 지나치기 쉬워. 당연하다고 쉽게 지나치고 다른 것을 볼 때, 자신을 알 수 없게 되고 방향을 잃게 돼. 그 속에 모든 것이 있는데 말이야. 넌 마음을 열고 이해하게 된 거야. 안다는 것은 이해한다는 뜻이야."

웅덩이가 말했습니다.

"좁은 마음으로 한쪽만 보는 고집이 내 눈과 마음을 가렸었어. 그런 나에게 너는 소중한 것을 볼 수 있는 마음의 눈이 되어 주었어, 네가 아니었으면 결코 알 수 없었을 거야."

빗물은 말없이 미소를 지었습니다. 웅덩이가 말을 이었습니다.

"담는다는 것은 과정을 담은 아주 작은 씨앗을 품고 그것이 싹이 트고 자랄 때까지 기다려주는 거였어. 자라게 하는 것이 내가 원하는 것이었고."

웅덩이가 잠시 생각에 잠기더니 슬픈 표정으로 도로를 보며 말했습니다.

"나를 찾아온 강아지가 쓰러지는 것을 보았어. 난 강아지의 주인이 원망스러웠어. 하지만 이젠 알아. 강아지는 자신이 원하는 진정한 자유를 찾고 있었던 거야. 강아지는 주인에게 아무것도 바라지 않았고 모든 것을 바쳤어. 강아지에게 불안과 공포는 자신이 원하는 것을 누군가에게 바라는 마음이었어. 불안과 공포로 원망하게 되면 자신이 원하는 것을 잃게 될까 봐 두려웠던 거야. 그래서 강아지는 마지막까지 주인을 원망하지 않았어.

아무것도 바라지 않고 자신의 것을 해 나갈 때 아무것도 두렵지 않다는 것을 알았어. 그것이 진정한 자유였어. 강아지가 그것을 알게 해주었어."

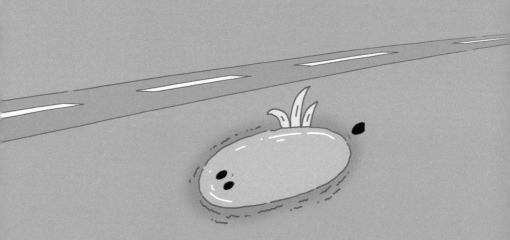

웅덩이가 잠시 눈을 감았다가 뜨며 말을 이었습니다.

"많은 친구들이 나에게 소중한 것을 알려주었어. 이제 난 진심으로 담을 수 있어. 아무것도 바라지 않으면서 내 것을 자라게 할 수 있어. 그래서 어떤 것에도 흔들리지 않고 이겨낼 수 있어. 이젠 나도 너처럼 아무것도 부러워하지 않아. 그리고…."

웅덩이가 잠시 머뭇거리다가 말했습니다.

"내가 왜 좀 더 낮았을 때 너를 많이 담을 수 있었는지 알 것 같아. 진실과 사랑은 낮추었을 때 담을 수 있는 거였어. 내가 담은 너는 사랑이었어. 너는 내게 많은 소중한 이야기를 해주고 내가 깨달을 때까지 약속을 지키며 기다려주었어. 너의 사랑이 나를 깨우치게 해주었고 웅덩이의 좁은 마음에서 빠져나와 흙이 될 수 있게 했어."

웅덩이가 빗물의 표정을 살피더니 다시 말을 이었습니다.

"고마워, 나를 사랑해줘서. 나도 영원히 너를 기다리고 내 안에 품을 거야. 너를 사랑하니까."

빗물이 말했습니다.

"내가 너를 사랑하는 건 당연해. 너와 나를 있게 한 것은 같으니까."

웅덩이가 말했습니다.

"모든 것은 당연한 것에서 시작되고 이해되지 않는 어렵고 복잡한 것들도 결국에는 당연한 것으로 되돌아오는 것 같아. 난 어리석게도 그것을 몰랐어."

어느덧 밤이 깊었습니다.

비가 멎고, 구름이 걷힌 밤하늘에 달이 떴습니다. 크고 둥근 달에 풀, 꽃, 나비, 달팽이, 풀벌레, 고양이, 강아지의 모습이 담겨 환하게 웃었습니다.

"우리는 너의 기억이야. 너에게 담겨 다시 자라게 될 거야."

웅덩이가 환한 미소를 띠며 말했습니다.

"내게 담긴 것은 이 세상이었어. 모두 소중해. 고마워, 잊지 않을게."

웅덩이는 세상을 마음에 담았습니다.

작고 좁은 웅덩이는 세상을 이루는 흙이 되었고, 진심을 담아 모두에게 약속했습니다.

당연하게 물은 높은 곳에서 낮은 곳으로 흘렀고 흙은 물을 담았습니다. 그 속에서 세상의 모든 것이 나고 자랐습니다.

그렇게 세상의 모든 것은 당연하다는 듯이 서로의 모습으로 서로의 곁에 있었습니다.

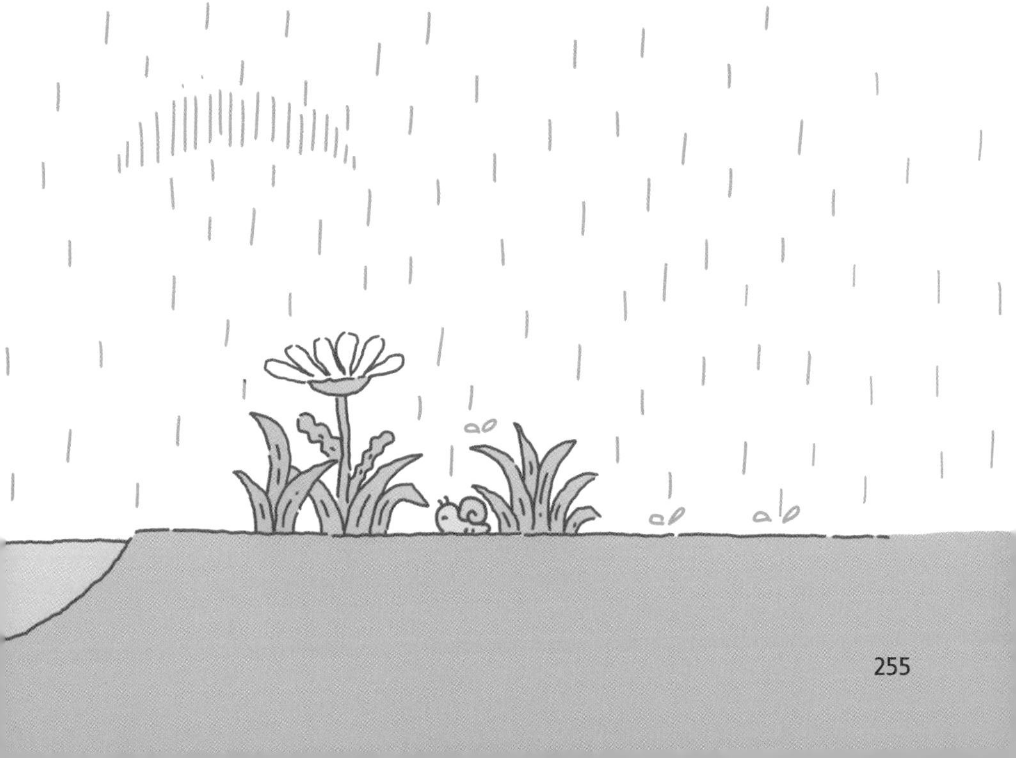

그리고

다시

뜨겁게 달아오르고

차갑게 얼어붙고

바람에 쓸리고

눈에 덮이고

비에 젖고

우박을 맞은 흙길 위에

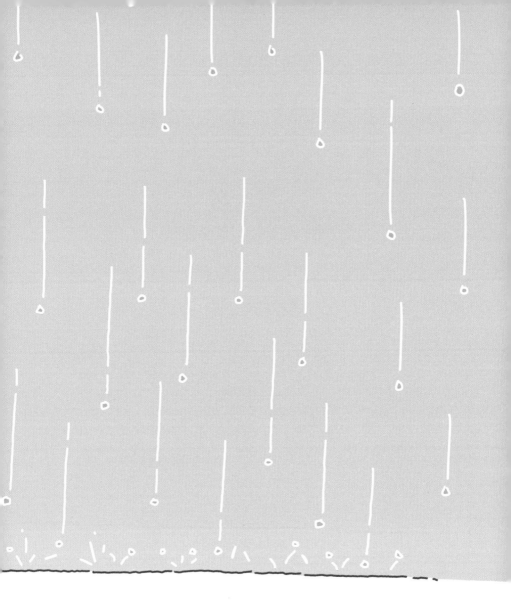

아주 작은 흔적이 생겼습니다.

그 흔적은 조금씩 커져서

작은 웅덩이가 되었습니다.

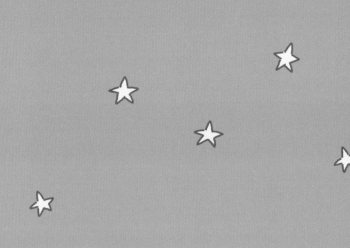

웅덩이가 생기고 지금의 모습이 된 것은 세상을 움직이는 신비로운 힘이 었습니다. 하지만 웅덩이는 자신이 어떻게 생겨났는지, 무엇인지 알지 못 했습니다.

흙길 위에 당연하게 생겨나는 흔하고 하찮은 웅덩이.

보기에 흉하고 걷기에도 불편한 아무짝에도 쓸모없는 웅덩이.

당연하고, 흔하고, 하찮아서 관심조차 아까워 아무도 눈길을 주지 않는 웅덩이.

그 웅덩이에 빗물이 담기고, 풀이 자라고, 꽃이 피었습니다.

웅덩이가 피운 꽃을 찾아 나비가 날아오고, 웅덩이에 자란 풀 속에 풀벌레가 숨었습니다.

햇빛에 지친 달팽이가 웅덩이의 질척함 속에서 쉬고, 작은 새가 내려앉아 고인 빗물을 먹습니다.

웅덩이에 담긴 빗물에 하늘과 구름과 해가 비쳤습니다. 산책하던 강아지가 웅덩이가 담은 세상에 코를 대고 킁킁거렸습니다. 흙길을 걸을 때마다 보아왔던, 그렇지만 지나치거나 흘려버렸던 당연하고 흔한 풍경들입니다.

웅덩이는 곁에서 많은 것을 보여주고, 알려주고 있었습니다. 하지만 오랫동안 그것이 무엇인지 보이지 않았고 알지 못했습니다. 곁에 있는 것의 소중함을 몰랐기 때문입니다. 늘 곁에 있는 것은 너무도 당연해서 그 소중함을 알지 못하거나 쉽게 잊어버립니다.

하지만 그냥 생겨나 당연히 있는 것은 이 세상에 없습니다. 이 세상을 있게 한 것은 변화이기 때문입니다. 이 세상에 있는 것은 변화 속에서 생겨나고, 변화에 맞서 시련을 극복한 것입니다. 변화의 시련을 극복하지 못한 것은 지금 우리 곁에 없습니다. 곁에 있는 모든 것에는 시련을 극복한 소중한 지혜가 담겨 있습니다. 그래서 세상의 모든 것은 소중합니다.

웅덩이는 많은 생각을 하게 했습니다. 또 알고 있다고 지나쳤던 것을 다시 보게 했습니다. 그래서 당연하고, 작고, 하찮은 것이라도 버리거나 지나치지 않으려고 했습니다. 그것이 나만의 생각으로 자란다는 것을 웅덩이가 보여주었기 때문입니다.

사람은 세상입니다. 세상을 담을 수 있고, 자신의 것으로 자라게 할 수 있습니다. 자신의 것이 아닌 다른 것의 관심과 선망을 좇을 때 조급해지고, 다양함은 불편해지고, 마음은 도로처럼 굳어져서 정해진 길을 가리키는 대로 가는 것에 익숙해지게 합니다. 그리고 자신을 잃어버린 후에 알게 됩니다. 다른 사람들이 자신에게 원하는 것은 '너는 다르겠지, 새롭겠지'라는 자신만의 가치였다는 것을 말입니다.

비록 웅덩이에서 피어난 이름 모를 작고 볼품없는 꽃이지만, 그 꽃의 씨앗은 크고 화려한 다른 꽃을 부러워하지 않습니다. 자신을 알고 스스로 의미를 갖기 때문입니다. 그래서 무엇에도 휘둘리지 않고 아무것도 두려워하지 않습니다. 줄기를 꺾어도, 또 잘라도 자신의 꽃을 피웁니다. 그 씨앗만의 꽃이 됩니다. 이처럼 가장 소중한 것은 자신의 소중함을 아는 것입니다. 자신을 초라하게 생각하고 다른 것을 부러워하는 마음은 자신의 꿈을 자라게 하지 못합니다. 자신만의 꿈은 자신을 소중하게 생각하는 마음에서 시작됩니다.

모든 것에는 과정이 필요합니다. 작은 것이 모여 큰 것을 이루는 것은 당연합니다. 그런데 많은 사람들은 그 당연함을 지나쳐 버립니다. 그리고 작은 것을 건너뛰거나 버리고 큰 것이 이루어지기를 바랍니다. 자신의 것을 키우기 위해서는 열린 마음으로 세상을 보고 경험을 담아야 합니다. 그리고 조급하게 욕심 부리지 않고 자신의 것으로 자랄 때까지 기다려주어야 합니다. 그럴 수 있을 때 자신을 알게 되고 자신의 삶을 살 수 있게 됩니다. 그 시작은 마음을 여는 것입니다. 닫힌 마음은 소중한 만남을 흘려버리거나 지나치게 합니다.

세상은 가까이에서 말을 걸고 만나고 싶어 합니다. 마음을 열고 곁에 있는 세상을 만나 세상이 들려주는 소중한 이야기에 귀 기울여 보세요. 자신을 알고 찾을 수 있을 것입니다.

　　늘 가까이에 있는 가장 소중한 친구는 자신입니다. 자신에게 소중한 친구가 되어 주세요.

신우창

웅덩이

내 마음에 보내는 따뜻한 위로와 지혜

초판 1쇄 펴낸 날 2020년 4월 25일

글·그림   신우창
발행인   양진호
편 집   이지안
디자인   박희경
발행처   도서출판 인문서원

등 록   2013년 5월 21일(제2014-000039호)
주 소   (07207) 서울시 영등포구 양평로21가길 19, 우림라이온스밸리 B동 512호
전 화   (02) 338-5951~2
팩 스   (02) 338-5953
이메일   inmunbook@hanmail.net

ISBN   979-11-86542-62-0 (03810)

책값은 뒤표지에 표시되어 있습니다.
잘못 만들어진 책은 구입하신 서점에서 바꾸어 드립니다.

이 도서의 국립중앙도서관 출판예정도서목록(CIP)은 서지정보유통지원시스템 홈페이지
(http://seoji.nl.go.kr)와 국가자료종합목록 구축시스템(http://kolis-net.nl.go.kr)에서 이용
하실 수 있습니다.(CIP제어번호: CIP2020014316)